欢迎来到实力至上主义的教室 ⑦

山田阿尔伯特

C 班的打架担当，钦佩龙园，做其手下。

金田悟

拥有较高学习能
力的C班学生，
担当班级参谋。

椎名日和

喜欢看小说的C班学
生，一个呈现出柔软
氛围的少女，几乎不
表露自己的感情。

没有的事，
我也很开心。

一回头看到了一之濑和坂柳，
真是对罕见的组合。

谢谢你今天能陪我玩，坂柳。

欢迎来到实力至上主义的教室 ①

contents

欢迎来到实力至上主义的教室

7

〔日〕**衣笠彰梧** 著
〔日〕**知世俊作** 绘

新鲜 译

人民文学出版社
PEOPLE'S LITERATURE PUBLISHING HOUSE

著作权合同登记:图字 01-2019-4309 号

YOUKOSO JITSURYOKUSHIJOUSHUGI NO KYOUSHITSU E Vol. 7
© Syougo Kinugasa 2017
First published in Japan in 2017 by KADOKAWA CORPORATION，Tokyo.
Simplified Chinese translation rights arranged with KADOKAWA CORPORATION，
Tokyo through Timo Associates Inc．，Japan.

图书在版编目(CIP)数据

欢迎来到实力至上主义的教室.7/(日)衣笠彰梧
著;(日)知世俊作绘;新鲜译. —北京:人民文学
出版社,2021(2025.3 重印)
ISBN 978-7-02-015911-6

Ⅰ．①欢… Ⅱ．①衣… ②知… ③新… Ⅲ．①长篇小
说-日本-现代 Ⅳ．①I313.45

中国版本图书馆 CIP 数据核字(2020)第 007222 号

责任编辑　卜艳冰　曹敬雅
装帧设计　钱　珺

出版发行　**人民文学出版社**
社　　址　北京市朝内大街 166 号
邮政编码　100705

印　　制　上海盛通时代印刷有限公司
经　　销　全国新华书店等

字　　数　164 千字
开　　本　787 毫米×1092 毫米　1/32
印　　张　9
版　　次　2021 年 3 月北京第 1 版
印　　次　2025 年 3 月第 7 次印刷

书　　号　978-7-02-015911-6
定　　价　49.00 元

龙园翔的独白

我意识到自己与周围人的不同，是在刚上小学的时候。郊游的休息处发现了一条大蛇，这在班级里引起了大骚动。跑得远远的却满脸欣喜的家伙、害怕的家伙，或者是对此没有兴趣的家伙，大家的反应虽然各式各样，但有一个共同点，那就是没有一个人想要把这条蛇赶出去。连在场的大人都缺乏冷静，只能联络他人寻求帮助。

我拿起手边的大石头砸向了蛇头，丝毫没有可能会被咬伤的恐惧。现场悲鸣交错，老师也阵脚大乱，而我则对此毫不在意。我并不想当什么驱逐蛇的英雄。我只是在心里感到疑惑，为什么大家要这么害怕这条蛇呢。

我和自己身体里未知的存在进行了快速交流。在大蛇屈服的瞬间，在大量分泌的肾上腺素充斥了我的大脑的同时，我终于明白了。

这是我的第一场胜利。

"恐怖"与"愉悦"互为表里，中间只隔了一层薄纱。

这个世界由暴力所支配，实力也由暴力强弱所决定。

看到失去力气、变得血肉模糊的大蛇，我感受到了一丝愉悦。

但如异类般的存在，总会受到来自大多数人的敌意。所以从那时起，我的身边出现了许多敌人。

被群起攻之的事情时有发生，在无法抵抗的力量面前败下阵的次数也不止一次两次。即使如此，我也从未感到害怕，内心所想的只有如何复仇，如何逆转局势。于是，最终他们也全部都拜倒在我的脚下。

真正的实力者是拥有无法匹敌的暴力的人，是克服了恐惧的人。

但是有一个问题也随之出现，它随着我逐渐成为实力者而悄悄萌芽。

在难以每天得到"愉悦"的同时，我感觉到了无趣。是意识到了，到头来能战胜我的家伙还是不存在于世上的那种无趣。

能够颠覆我这种想法的，难道——只有"死亡"了吗？

隆冬的脚步声

十二月也已过半。

季节的变换总是很快，天气已十分寒冷。戴上围巾手套、穿上长靴的学生也自然变多了。今天的天空阴沉沉的，眼看就要下雪的样子。

说起来，我自出生以来还一次都没有见过雪。当然了，在电视和书里自然是见过，但从没实际用手去触摸、切身去感受过雪。

虽然今年下不下雪还是未知数，但我内心是想感受一番的。

下课后，我、佐仓爱里、长谷部波瑠加和幸村启诚四人聚集在了学生们常去的榉树购物中心一角的休息处。启诚真实的名字其实是辉彦，但应他本人的要求，我们都叫他启诚。这个小组的成员都是最近才变得熟识起来的。每周举行两到三次不定期也无具体目的的谈话。时长并不固定，有时会持续两个小时，但有时三十分钟左右就解散，中途想回去了的话也完全没问题。总之，在这个小团体里没必要强迫自己做什么。但是，成员们在星期五放学后一起度过的时间比平时都长。

这和不在场的第五个成员，也是最后一个成员——三宅明人有关。

"结果无论哪个班都没有出现退学者啊。本以为

C 班说不定会出现退学者，毕竟我们班出的考题并不简单。"

启诚这样说道。面前时不时会有 C 班的女生走过。

"C 班也并不比我们聪明。"

波瑠加摆弄着手机，随口答道。接着补充道：

"小明马上就来了，他刚结束社团活动。"

小组里唯一参加了社团活动的三宅明人，很少能在下课后立即和大家会合。

"但是考试赢了不也挺好的吗？而且，其他班有退学者也不是什么高兴事。"

不喜粗鲁的爱里，直截了当地表达了自己的想法。

"哎呀，班级之间关系友好当然是最棒的啦！但从学校层面来讲不是很难吗？升上好班，也就意味着要打败其他班。"

波瑠加的话虽然听上去很残酷，但也是事实。启诚对这番话十分钦佩。

"确实是这样，虽然我懂爱里的意思，但是只要没被打败就会时刻受到攻击。在这所学校里，胜利就是牺牲掉其他三个班级，而我们完全没有必要牺牲自己。"

"好像是这样……"

听到启诚口气变得稍微粗暴的话，爱里有些无精打采。

"难道就没有什么暗箱操作吗？在最后一场考试中

把所有班级的点数都弄成一样的，这样的话所有班级都升为 A 班顺利毕业，这样不也挺好的嘛。"

"那就太好了。"

"很遗憾，这恐怕难以实现。"

明人和大家会合了，并对波瑠加新颖的想法做出了评价。

"怎么说得如此肯定？"

"我从前辈那里听说，最后的考试里要是所有班级点数相同的话，好像会有追加考试。"

"那是什么样的考试啊？"

"这说到底也只是传言，毕竟过去好像也没有班级点数相同的情况。"

明人也只听到了一部分，对详细情况并不了解。

"真是天不遂人愿，明明是个不错的想法。"

"果然 A 班还是只能有一个啊。"

"对了，明人，今天的社团练习怎么样？"

波瑠加问道。

"什么怎么样？"

"嗯……就是今天弓箭的状态之类的。"

"没什么特别的，不好不坏。你明明对这个没什么兴趣干吗还要问我？"

"问问又有什么关系啦，不就是朋友间普通的对话嘛！"

"话是这样说，但是你了解弓道吗？"

明人一边表达自己的质疑一边弯腰坐下。

"了不了解暂且不说，不就是用弓来瞄准靶子吗？"

"不，总的来说虽然确实是这样，但……算了算了。"

明人似乎打算详细说说，但最终还是放弃了。

"怎么说呢，我自出生以来，就没对弓道产生过兴趣。好奇你是怎么阴差阳错地选了这个社团的。"

在波瑠加的眼里，学习弓道这条路似乎是错误的。弓道虽然不是什么吸引人的竞技比赛，但我个人对此还是有兴趣的。不过应该还是有很多学生连摸都没有摸过弓吧。

"就是啊，为什么偏偏选了弓道呢，明明在学校里也不是什么人气社团。"

一直静静听着的启诚也加入了对话。

"单纯因为高中的时候对我很好的前辈也是弓道部的，我也就想试着练练弓道。就是这样，没什么特别的理由。"

"开始做一件事可能需要契机吧。"

爱里也带着一点点顾虑加入了对话。这是最近才出现的，可以说是个好兆头。大概正是因为谁也没有对此表现出惊讶，也没有人取笑爱里，才使得她自然地加入进来了吧。

"爱里喜欢摄影对吧，现在还挺流行的，我懂你这种爱好。"

"只有女生才玩社交软件，我是无法理解的。"

波瑠加好像是要和启诚对着干，用微微否定的口气说道：

"啊，你这是性别歧视，现在不是也有好多男生玩这个吗？"

"是吗？真搞不懂那些泄露自己个人信息的人是怎么想的。"

"我也不懂，清隆呢，你玩这个吗？"

"不，我也完全不懂这个。"

因为这所学校是禁止和外部交流联系的，所以社交软件什么的也只能用来联系在校的同学。

"阿隆也不像是玩社交软件的人，不过要是你天天玩社交软件的话就让人倒胃口了。举着冰淇淋拍照或是在泳池旁边开派对什么的。你这么玩过吗？"

"没有。"我立即否定，要是被安上了奇怪的帽子就糟了。

"波瑠加，那你玩社交软件吗？"

"没有，我嫌麻烦而且也不想泄漏个人隐私。"

"我不能再同意了！"

波瑠加断然否定，启诚点了点头表示同意。

而听到这些话的爱里，虽然在极力掩饰，但还是一副遭受到了重大挫折般的样子。毕竟她之前一直以自拍和上传照片到社交软件为爱好来着。

"既然这个软件还挺流行的，那就不是什么奇怪的事吧。"

我淡然地说道。爱里陷入刚刚的话题而沮丧也情有可原。不过，她似乎明白了我的话外音。

爱里的想法完全表现在了脸上，波瑠加在内的其他人似乎也意识到了。

"不得不说我对流行一窍不通，真该对喜欢玩社交软件的人说声抱歉。"

波瑠加猛地双手合十做道歉状。

"单纯因为自己讨厌，就对别人喜欢的事物不分青红皂白地加以否认，真是只有笨蛋才会这么做，之前是我没想周全。"

接着启诚也道歉了，主要是对着爱里说的。

爱里如释重负。

"不好意思啊，我换个话题。我有点在意一件事。"

之前的话题告一段落，明人开口道。

他警惕地看向周围，语气中带有一些焦躁。

"最近C班是不是有些奇怪啊。"

"C班一直都挺奇怪的啊，怎么了？"

波瑠加睁着大眼睛，歪着头表示有些不理解。

我明白明人指的是什么。

这些日子有人在监视着我们，明人应该也察觉到了。

现在也有一个男生，一边掩饰自己的存在一边在远处窥视着我们。

他是总跟在龙园身边的 C 班学生，名叫小宫。

他绝对是在监视我们。

但是我们之间还隔着些距离，就算我们上去盘问他，也没有证据。他要是强调只是碰巧遇到了几回，我们也无法再追问他些什么。

而冲上前的我们则有可能会被当作故意找茬。

明人没有明说这件事，大概也是因为还没有确凿的证据。

不仅如此，监视着我们的还可能是 C 班以外的人。但明人还没有意识到这一点。

"前段时间开读书会的时候，C 班的人不是来找茬了嘛。"

为了应对名为 Paper Shuffle① 的考试而在咖啡馆开设的读书会。在公众场合，C 班的学生突然出现，和我们发生了点摩擦。

那之后，摩擦转变成了尾随，一直持续到了今天。

"是龙园和椎名他们吧，难道又要找事？"

"啊，人倒是和之前的不一样，今天石崎和小宫这

——————————

① 随机搭档试题考核。

两个家伙来弓道部了。说是来参观学习，前辈就爽快答应了，但是他们好像一直盯着我，让我挺不自在的。"

原来如此，小宫是跟在明人后面追到这里来的。

大概是怕人多被发现，石崎才没有一起跟过来。

相比于我们，明人更困扰于龙园他们的监视。

"不是因为对弓道有兴趣才去的吗？"

不明白龙园意图的爱里这样说道。

"要是那样就好了，但是实在不像。"

明人转了转胳膊表示他肩膀酸痛。

最近龙园的施压行动反反复复，程度越来越深。

虽然龙园没有直接来挑衅，但是耳畔仿佛可以听到龙园那粗野的笑声。

可以感受到龙园那要将我们慢慢地，一点一点地逼至绝境的巨大野心。

"他们没对你做什么吧？喝倒彩，放箭的时候故意打喷嚏或者是拿小石头砸你什么的。"

"毕竟教练和前辈们都在场，他们也做不了什么，练习结束后就回去了。"

那天以来，我身边虽说没发生什么怪事，但周围被安插了眼线却是显而易见。轻井泽应该也被特别关注了。

龙园他们应该已经锁定了包括我在内的数人，要从中找出最终目标。

而掌握了其中决定性要素的是轻井泽惠。

不过他们没有轻举妄动，还在慎重考虑。

就算他们想要从轻井泽那里问出我的存在，正面进攻的话成功率也极低。

龙园到底打算如何填上这最后一片拼图呢。

回顾一下龙园的行动模式，不难想象他接下来会采取什么行动。

问题在于他会何时采取行动。

在我思考的过程中，明人他们的谈话还在继续。

启诚这样解释 C 班来找茬的理由。

"不是因为 D 班的成长吗？在入学没多久就用光了班级点数的我们，回过神来已经马上就要追上他们了。经过这次 Paper Shuffle，进入第三学期以后说不定我们就可以升到 C 班，他们恐怕相当焦急。"

启诚冷静地分析了 C 班的行动理由。

"你这么一说好像确实是这样，本来那么看不起我们的，到头来却要被我们超越。"

"但是……事实上我们还没追上对吧？"

爱里回忆起之前公布的班级点数，提出质疑。启诚回答道：

"啊，从十二月月初公布的班级点数来看的话，D 班是二百六十二点，C 班是五百四十二点，还有二百八十点的差距。"

Paper Shuffle 的时候，我们 D 班在和 C 班的正面对决中取得了胜利，完美地获得了班级点数，因此 C 班的一百点归 D 班所有，再加上 D 班本应获得的一百点，这就缩短了两百点的差距。现在只差八十点就赶上了。

不过现阶段还是 C 班领先。

但是，事到如今 C 班有了突发状况。

"C 班好像有严重的违规行为。虽然具体情况还没有公布，但是被处以了扣除一百点班级点数的惩罚。"

记得在没多久之前，学校有粗略的解释说明。

"他们到底做了什么后果这么严重呢？虽说确实像是 C 班能做出来的事。"

波瑠加十分震惊，不过 D 班并没有资格笑话别的班。

不要说考试了，刚刚入学的时候 D 班可是在短短一个月内就损失了一千点。

"不管理由是什么，自取灭亡影响巨大。若这之后不再发生意外，寒假结束，进入第三学期，D 班非常有可能升上 C 班。"

启诚总结道，话中并不带自满。

"这是他们纠缠小明的原因？"

"似乎是这样呢。"

简单一想就知道，对统领 C 班的龙园来说降级不是什么开玩笑的事。

所以才在找寻 D 班的弱点以保住自己的地位。

这样一来就说得通了。除了我以外在场的所有人想法都一样。

"在这所学校，班级等级的变动是不可避免的事，但是我觉得它不会经常发生。刚开始栽了大跟头的 D 班不断成长让 C 班开始焦虑，想要找到其成长的原因。"

"虽然说龙园平常有些装模作样，但他毕竟是 C 班的领导者，这些事让他太没面子了。"

"原来如此，那他如此拼命也不难理解。"

明人也表示赞同，不知道是不是因为脑海里浮现出了自尊被撕得粉碎、后悔万分的龙园的样子，心情变得舒畅。

"我们应该……没有做什么怪事吧？虽说一晃眼差距越来越小了，但原因是什么呢？真的是因为 C 班栽了个跟头？"

确实，班级里的许多学生一直以来都不知道发生在暗地里的斗争，以平常心面对考试。

所以不懂差距为何会缩小也情有可原。

"单就 D 班来说，在无人岛考试中获得了胜利，虽然在干支考试中败给了龙园，但在前几天的 Paper Shuffle 考试中重整旗鼓。我记得 C 班之前过度轻视班级点数吧？"

"在无人岛的时候，C 班好像早早就把点数全都用光了。"

"也就是说……这是 C 班的自取灭亡?"

"也可以这么说,这次的违规行为不也是如此。"

在暑假之初举行的无人岛特别考试里,每个班都获得了三百点,使用这些点数度过一周。剩余的点数则在考试结束之后作为班级点数返还给各班。包括 D 班在内,各班都在绞尽脑汁想要剩下尽可能多的点数,但就像波瑠加所说的那样,C 班早早地就将所有的点数都用光了。

"因此,我们才追上了 C 班一大截。"

我们 D 班虽一路艰难曲折,但最终成功剩余二百二十五点。

"话是这么说,但还是曾想过我们付出的努力值不值得。C 班花了点数,但似乎充分享受了假期,还是羡慕他们一点苦都没吃就结束了考试。"

"太荒唐了。龙园真是乱……不,就像是以为做别人不做的事才帅气的小孩一样。就这么轻易失败了,真是毫无意义。"

要想升到 A 班就必须不断增加班级点数,对于抱着如此强烈意志的启诚来说,放弃班级点数的奇葩行为真是难以理解。

但是在无人岛的考核里,龙园应该并不只是将点数全部浪费了。事实上,龙园虽然把所有的点数都用完了，但将循环使用的厕所、帐篷以及剩余的食物全都给了 A 班。而龙园自然是不可能无偿提供这些，也就是说，失去了班级点数，就一定会得到些什么。

当然，不可能会是信赖、友情这种看不见摸不着的东西。失去班级点数而能得到的东西，除了个人点数别无他物。

知道这个事实的人很少，启诚也不例外。

"男生真好呀，在很多方面都很轻松容易，对不对，爱里？"

"是、是啊。有好几个女生特别困扰来着，要是再晚一点的话，我恐怕也不妙……"

爱里的脸微微变红，害羞地低下了头。虽在某种程度上来说这次的无人岛考核对女生有一些关照，但是比男生更不容易也是事实吧。

"为什么再晚一点就不妙了呀？"

完全不懂女生小秘密的启诚异常疑惑地盯着爱里。

"嗯，其实……"

爱里感到难以启齿，转移视线逃避这个问题。

波瑠加看到眼前的情况，对启诚的行为做出了辛辣的点评。

"你在干什么啊，幸村启诚？你这么单纯的吗？虽说有时无知也意外显得有些可爱，但是关于这件事情，你能不能机灵点？"

"到底是什么意思啊?"

先不说启诚是没察觉到还是真不知道,明人轻轻地拍了拍启诚的肩膀。

"每个人都有各种各样的情况嘛。"

"完全不懂。各种各样的情况是什么?"

不知道分场合的启诚还想继续追问下去,明人机智地改变了话题。

"因为堀北识破了龙园的作战计划我们才赢的吧?如果谁都没意识到的话,D班也极有可能被猜中领导者,对吗?"

明人向我确认,我老老实实地点头回应。

"他们不仅享受了豪华之旅,还打算收取渔翁之利对吧?还故意让我们看到他们全员都弃权退出。但是,留在岛上的有必要是龙园吗?他毕竟是C班的领导者,把更不起眼的人留在岛上才最保险吧?"

波瑠加的话并非全无道理。

但是,这却并不能适用于所有班级。虽说最开始会猜最抢眼的人是领导者,但既然谁都有可能被指定为领导者,自然会怀疑到其他人头上。

说起来,若是无法确认龙园留在了岛上,就无法指认他是C班领导者了吧。就算确认了他在岛上,他被指认为领导者的可能性也不高,因为无法排除还会有其他C班学生潜伏在岛上的可能性。这场考核,猜错领导者的惩罚比猜对领导者的奖励还要大。只要没有掌握决定性证据，谁都不会轻易指认领导者的。

"喂，清隆。你能不能把从堀北那儿听来的信息也告诉告诉我们啊？"

"什么信息？"

"就是龙园在想些什么，接下来打算怎么做。结合体育祭和 Paper Shuffle 的事情来看，今后更有必要加强班级团结协作了。"

"被石崎他们监视也有点不爽，我赞成。"

大家好像也开始意识到加强团队协作的重要性了。

一直以来都没怎么在意班级内部问题的明人和波瑠加也表示赞同。

"我也只知道一点儿……"

在我提议叫堀北过来之前，启诚说道：

"先告诉我们你目前知道的就够了。"

四人齐齐看向我，我感受到了一种奇妙的压力。

"好，要是有地方说错了我可不负责。"

打过预防针，我再次从头说起和堀北共同知晓的，在无人岛的种种事件。当然，所有都是我一人所做，只是表面上让大家以为这都是堀北的所想所为。

潜伏在岛上的龙园用无线通信设备和间谍联系，除伊吹以外应该还有潜伏在其他班级的间谍。除此之外，船上考核以后，龙园开始怀疑堀北的事情，还有在船上的时候，龙园因为发现了通过考核的诀窍而取胜的事情，等等。

但是，体育祭的时候龙园打算击垮堀北和栉田背叛的事自然没提。

"大概就这些了，和启诚他们知道的差不多。"

没能得到新消息的启诚交叉双臂做思考状。

"搞不懂的是，之前波瑠加也说过，为什么龙园要特意留在岛上呢？"

"照堀北所说，恐怕很可能是因为龙园谁也不信任吧。要收集并分析推理从其他班级得来的信息，对于其他学生而言大概任务过于艰巨吧。"

有指挥间谍的领导能力与推理能力，用最少的物资在岛上生活数日的耐力与体力，还必须是能和A班配合行动的人。

这样的话，说除龙园以外没有其他人可以胜任也不为过。

若是全体学生集合以后再指认领导者的话，龙园大概也不会展开这个作战计划。但是分发的无人岛指南手册上明确写着，指认是在最后一天的点名之后直接进行，也就是说会在各班集合之前举行。龙园应该是看准了这一点才这样制定的作战计划。

"不愧是堀北啊……我完全没有想到这些。我从一开始就放弃猜中其他班领导者的可能性了，也没有想过去了解情况。"

启诚默默反省自己。

"也没办法不是吗？不仅有食物和卫生方面的问题，还有行动指南被烧毁，内衣被偷事件，D班也是一团糟啊，完全没空去侦察其他班的情况。"

明人想起在无人岛上发生的种种，启诚也不由得回忆起了那些。

"一回想，当时还真是不容易。"

"但是堀北太厉害了，在那种情况下还能搞清楚这么多。"

爱里称赞道，看样子特别佩服堀北。

"堀北看穿了龙园的作战计划，被龙园盯上也是自然。"

"事实上现在好像也还在被他骚扰。"

我并不加以否定，接着补充道：

"他们两人在船上的支干考核时成了一组，好像也起了点纠纷。"

"我大概明白无人岛和船上的事了，但是龙园为什么最近开始对D班其他学生纠缠不休了呢？专门到弓道部来监视我，这可不太正常。"

就算知道了堀北被盯上的原因，产生这样的疑问也很正常。

"难道是想找出D班的弱点？从堀北身上没找到突

破口，就从她身边开始逐步攻破。"

"原来是这样，还有这种可能啊……"

就这样，龙园的行动原因好歹是传达给了启诚他们。

"她不当阿隆的女朋友吗？"

波瑠加一边敬佩堀北，一边又开起玩笑。

"别给我乱加女朋友。"

"就……就是，这样对清隆同学太不礼貌了。"

"啊，对不起对不起。"

我们被说成是一对的话，对堀北来说也有些不礼貌。

虽说只是开玩笑，须藤听到了定会发怒的。

"就算她不是你女朋友，你对她就没有一点感觉吗？难不成你已经有女朋友了？"

"我既不喜欢她，也没有女朋友。"

"这样啊，那今年我们全员都是单身咯。"

"单身？"

"你看看周围，马上就是圣诞节了对吧。"

波瑠加坐在榉树城餐厅前的长椅上小声嘟囔着。

确实，圣诞节的装饰工作已经进行到看不出这是我们学校的程度了，一对对情侣模样的学生也时有路过。

"启诚你大概不懂这个，这对女孩子来说可是大事。"

"嗯，会出许多传言……"

"对对，谁和谁在没在交往啊之类的。要是明明有喜欢的人但还是单身，就会莫名其妙地被人可怜。"

"……我们可是高一的学生啊，学习应该被摆在首位。"

"你是不是脑子里想象了一下？脸红了哦。"

"闭嘴。"

"话说这个芒果汁太甜了吧，你尝尝。"

明人夸张地做出吐出来的动作，将杯子递给了我。

"挺好喝的啊。"

波瑠加露出惊讶的样子。

"对了，我觉得寒假的时候 D 班也会发生些什么呢。"

"是指……谁和谁会开始交往？"

爱里兴致勃勃地问波瑠加。

"大概吧，估计既有开始交往的，也有分手的，圣诞节就是会发生许许多多的事。"

波瑠加就像是见到过许许多多那样的情侣一样，点了两三次头。

"开始交往的就不说了，分手的也有？现在 D 班里正在交往的就只有平田和轻井泽吧。"

不知道是不是因为芒果的甜味还堵在喉咙里，明人压着嗓子说道。

我刚刚也尝了尝，真的太甜了。

"这可不一定哟，也有在明人你看不到的地方，悄悄交往的情侣，再说了恋爱也不是只能和班里的人谈。要是有喜欢的人的话，可要赶在他被别人抢走之前行动。"

"真不凑巧，弓道就是我女朋友。"

"可恶，明明没有那么喜欢弓道还这么说，别耍酷了。"

"……闭嘴。"

不知道是不是有点害羞了，明人看向了别处。

就快到圣诞节了吗？一直以来对我而言完全陌生的节日，听起来是那么的遥远。

"总之，我主要就是参加社团活动，放寒假也不会休息的，要是有女朋友的话可能就不一样了吧。"

"也就是说想找女朋友？"

波瑠加摆出手拿麦克风的姿势，像要采访他一样伸到了明人嘴边。

"男女在这方面还是很像的嘛，但是我不会像池他们一样大声宣扬。"

他应该是想说没有人会对恋爱没兴趣。

"……嗯，要是有中意的男生的话，的确挺想恋爱的呢，但启诚你看起来很像否定恋爱的那种人，要是出现了喜欢你的人，你会怎么做啊？"

"怎么做呢……看我和她的关系吧。"

"啊，不是看对方可爱就会无条件交往啊，嘻嘻嘻，你可真是个正经人呢。"

两个男生被爱开玩笑的波瑠加耍得团团转。

"清隆同学，圣……圣诞节你有约吗？"

坐在旁边的爱里突然这样问我。

"哇，爱里你不会是在约阿隆吧？不得了啦！"

"不，不是，不是这样的！"

"除此之外还有其他可能吗？阿隆刚刚可是才说了他没有女朋友。"

"不是这样的，我……我就想问问清隆同学圣诞节要做什么，好奇一个人过圣诞节该做点什么才问的。"

确实，情侣的话应该会约一两次会吧。

但是一个人的话该怎么过呢，这是个有趣的问题。

"这样啊，确实呢，明人你估计就是社团活动了，启诚你呢？"

"我就好好学习吧。第三学期要是能够按预期升到 C 班，我们就不单是追赶其他班级的那一方，而变成了被其他班追赶的那一方了。既然班里还有成绩差的同学，就想着希望自己有能力去提高他们的笔试成绩。"

人尽其才，他是想发挥自己最擅长的能力为班级做点贡献。

看样子是因为之前教波瑠加和明人学习有了自信。

"我可做不到那么努力学习，交给你了啊启诚。"

"可以是可以，但是即便能够以 A 班的身份毕业，进到自己想去的公司，要是自己能力不够的话也早晚会被辞退的哦。"

启诚告诫大家单单只考虑升到 A 班是不行的。

"确实是这样呢。要是自己没有相应的实力的话，现实很快就会崩塌。"

"但是这样的话，以 A 班身份毕业的意义也变小了对吧。"

明人虽然努力理解，但看上去有些不满。

以 A 班身份毕业的时候，全班同学都要有与之相匹配的能力。

学校方面有这样的规定吗？

在现阶段我们还无法确定。

"那么，爱里在意的阿隆呢？ 圣诞节果然是一个人过？"

"对啊，毕竟没什么特别的事，我应该会待在房间里老老实实地度过这一天吧。"

"对你来说圣诞节也不过是个普通的休息日啊。"

十二月二十二日是结业式，不久便是圣诞节了。

"哈……哈哈哈。"

听着我们聊天的爱里，不知道想到了什么，小声地笑了出来。看样子她拼命想忍住，但实在憋不住笑出声来。

"有什么事这么好笑啊？"

"对……对不起。嗯，我太高兴了……就不禁笑出来了。"

"高兴地笑了？"

波瑠加歪着头，不是十分理解爱里话的意思。

仔细看的话，爱里的眼角也微微湿润了。

"因为我一直以来都没有像现在这样开心过。我现在真的特别高兴。"

爱里自然地流露出藏在柔软内心里的想法。

"但我们说的净是无聊的闲话哦。"

"这样就很好，我一直以来都想和大家这样聊天。"

"虽然我不太理解你的意思，但这样也挺好的，我也很开心。"

波瑠加结束了这个话题。

"我们好不容易聚在一起，要不然一起吃完晚饭再回去？"

没有人提出反对意见，我们逐渐变成了团体行动。

我向大家搭话道：

"我去趟厕所，你们先去吧。"

"我们在这儿等你。"

"不用，这个点儿人应该很多，你们先排队说不定更节省时间，帮我占个座。"

大家都同意了，向着榉树城的饭店进发。还好就算我不在，爱里也在一定程度上能和大家一起行动了。

一直在旁监视的小宫以为我去了厕所，便追着明人他们而去。

我目送团体成员和小宫离开后，朝着与厕所完全相反的方向走去。

然后，走近坐在我们之前聊天的休息区的一个女生。

"请问你现在方便吗？"

我向坐在单人椅上的女生搭话，也就是A班的神室。神室正在操作手机，就好像没有注意到我一样，僵硬着身子一动不动。

"我是在和你说话。"

我再次向她打招呼。

"……我？有什么事吗？"

她将视线微微上移，仿佛刚意识到我的存在。

我向前迈了几步，坐在了神室旁边的单人椅上。

我们两个人之间的空气变得紧张起来。

"最近你好像一直在跟着我，是有什么事情找我吗？"

"啊，你在说什么啊？"

"昨天放学后回家的路上，两天前在榉树城，四天前同样也是在榉树城，六天前的回家路上，七天前的回家路上，真的是好巧。"

我将手机屏幕面向她，快速地将我悄悄拍下她跟踪我的照片翻给她看。

"你……是什么时候拍的？"

"你作为尾随的一方，在我看向你那边时，你是不会看我这边的。这个时候我用手机拍照，你自然也无法察觉。"

"就算我跟踪了你又怎样，有问题吗？"

"没什么，我又没什么损失，也没想着制止你。"

"对吧，只不过是偶然。"

"但是，要是你老大知道了会怎么想呢？"

"老大？什么意思，你电影看多了吧。"

"那我就告诉坂柳。"

"……你等等。"

我把手放在椅子扶手上，正要站起来，神室连忙叫住我。

光看她这个反应，我就知道了她并不希望这一情况发生。

"对坂柳这么忠心啊，就算她要你天天长时间跟着我，你也没有怨言，你跟她关系很好吧。"

"你别开玩笑了，我怎么可能想要当那种人的手下。"

"你没必要撒这种谎吧。你可是每天浪费着宝贵的时间做着无聊的跟踪行为，这正是因为你信赖且尊敬她。"

"绝对不可能，我恨不得现在就和她断绝所有关系。"

神室反应强烈地吐出心中之言，可以看出她的焦躁。

"那你又为什么要听从坂柳的指示呢？"

"这和你有什么关系。"

"如果不是你主动帮她这个忙的话，那就是她抓住了你的小尾巴吧。"

"……你到底想说什么？"

"我要把你拙劣的跟踪技术告诉坂柳，这样你作为她的手下，行动能力不足的缺点就会暴露。你被她抓住的那个弱点恐怕今后也会影响到你。"

"你也要威胁我吗？"

"也"啊。看来坂柳能指派神室来跟踪我，确实是抓住了神室的什么把柄。

我只不过是给她下了个套，她就这么轻易地上钩了，这可真没想到。

"你也是不容易，怎么会被坂柳盯上呢。"她说道。

"哎，我一点头绪也没有。"

看起来，神室并不知道坂柳的真实意图，但我似乎得到了一个答案。

"你就是龙园在找的 D 班学生吧。除此之外想不出别的理由了。"

"就算是这样又怎样？"

我故意不加以反对。

说起来，要是坂柳知道我的过去的话，我再怎么掩饰也没用。

"虽说你想要威胁我，但我也可以把你的事告诉龙园。"

"如果我威胁你的话，你也要威胁我，那就这么办好了。"

我向神室提议道：

"你今后随便跟踪我都可以，我绝不会外传，也不会告诉坂柳你的事情。作为交换，我希望你不要把我的事告诉除坂柳之外的人。"

"也就是说你要和我交换条件？"

"我觉得这不是个坏主意。"

"……确实，我对龙园那个家伙没什么兴趣。"

神室答应了，点头站起。

"今天就到这里，我累了，回去了。"

神室说着便朝榉树城的出口走去。

"看来，她也被坂柳抓住了棘手的弱点。"

先就这样吧。

看来似乎不用担心因意想不到的事而使得龙园知晓我的真实身份。

再会与离别的通知

"啊，可恶，那些家伙到底要干吗啊。"

须藤一进教室便抱怨道，没在自己的座位过多停留，径直朝堀北走去。

"你听我说啊铃音。"

"怎么了？"

须藤都已经到跟前了，堀北想无视也没有办法，只得回应他。

"C班的那个人，就是龙园那个家伙，从早晨开始就找我的茬儿，还在走廊挡我的道，太令人生气了。"

"你没和他吵或者出手打架吧？"

看到堀北微微瞪眼，须藤立刻否认。

"我可没有，直接无视他了。"

"看样子你听进去了我的嘱咐，巧妙应对了。"

目前不惹出麻烦比什么都强。

"什么嘱咐啊？"我问须藤。

"铃音告诉我，如果没有好的解决方法就干脆无视。"

这确实是个不错的建议。要是硬让须藤反抗的话，反而会火上浇油。

虽然这个方法会让须藤憋一肚子火，但"忍"对他来说才是最好的办法。

"啊，强行通过的时候，肩膀稍微碰到了点。但是其他班的学生也都知道我是被骚扰的，应该没什么事吧？"

"对，他们应该不会来借题发挥。"

毕竟他们曾将学校与学生会卷了进来，引起了大骚动。

要是被揍了的话就另说了，但不过是强行闯过他们设置的障碍，应该没关系吧。

"他骂你什么了？"

"臭猴子、傻子、饿死鬼之类的，明显就是来找茬儿打架的。"

须藤举起拳头砸向另一只手的掌心，发出"嘭"的一声。

这大概是昨天弓道部事件的后续。

"明人，也就是三宅……在参加社团活动的时候好像也被 C 班的人盯上了。"

"三宅也是？最近他们的行动非常活跃呢。"

"他们的目标是什么呀，难道又要做之前陷害我的那套？"

"唉，现在什么也说不准。但我们还是应该先想想对策，他们要是再来纠缠你，你也千万别和他们一般见识。"

"我知道，我是不会破坏和你的约定的，就算被打了我也不还手。"

同以前和 C 班起争执的时候相比，须藤的话语里已经有了一定的重量。

正是考虑到这一点，堀北才接纳了须藤的吧。

"须藤你终于变正常了。"

"对，虽说用的词还有一点点豪放，但已经在正常范围内了。"

"他也差不多该进入下一个阶段了。"

堀北这样说着，不知为何拿出了笔记本开始奋笔疾书。

"下一个阶段是什么啊？"

须藤正要偷看，堀北"啪"地合上笔记本。

"这个以后再慢慢说吧，现在不光是须藤的问题需要解决。"

堀北淡淡地加上这句话。

虽然不知道她是怎么想的，但对我来说都无所谓。

最近堀北多是自己思考，自己行动。

大概是因为最近慢慢地能与须藤还有平田他们说话了有关。

"龙园可真活跃呢。Paper Shuffle 才刚刚结束，以为他能老实点来着，没想到又在打什么鬼主意。"

"真奇怪啊，对不对？现在又没有举行什么特别的考核。"

"但是回想之前的事，他的作战不光局限于考试，比如之前出言不逊激怒须藤的事件，考核之外找一之濑他们 B 班的茬儿。他似乎很喜欢与点数之争无关的场外作战呢。"

这显而易见不是吗？她向我寻求确定的眼神，我自然是装作没看到糊弄了过去。

"但这次龙园的目的又是什么？"我说道。

"你是真不知道，还是装的啊？"

"什么啊？我怎么一点都不懂。"

"他想要找出在暗处指挥 D 班的人，因此才不顾一切地开始行动了。"

"也就是说他找的人就是你啊。"

说完，我就被她狠狠地瞪了一眼。

"我的伪装在龙园那儿已经完全行不通了。"

堀北不把我的谎言当一回事儿，继续认真地说道。

"怎么说得如此肯定。"

"要是他和其他学生一样还以为是我在指挥一切的话，一定会来找我麻烦的。但到现在还没有做出针对我的行为。"

她的意思是之前一直都对她纠缠不休的龙园，不再如此了。

"这也要看他是怎么想的。Paper Shuffle 的时候你的作战计划不是意外地有效果吗？他有可能还在犹豫要不要轻易展开行动，说不定想从外侧突破。"

"是吗？我可不这么想，他说不定已经对我失去兴趣了。"

"你想让他继续保持对你的兴趣吗？"

"我不是这个意思，你是欠踢吗？"

"我可不想被踢。"

这个家伙是真的会踢人的，所以我义正词严地拒绝了。

"躲在这个班级背后的中心人物，难道不在观察着每一个人吗？虽然也不必特意避开，但你真的打算在这儿继续说下去？"

现在还没到课外活动时间，包括栉田在内，大部分的学生都在座位上，虽说没有人在侧耳听我们的对话，但这儿确实不是个合适的地方。

"就算如此，你对龙园的了解也挺深了呢。啊，不对，这次我可没开玩笑。"

感觉自己又要被瞪了，只得慌忙地加上后面这句。

"他的做法基本相同，不论是成还是败都是类似的作战方式。被他下套这么多次，再不乐意也该懂了，所以才看穿了他在 Paper Shuffle 的时候利用栉田的计策。当然，如果栉田没有背叛是最好的了……"

谁都不希望自己班里出叛徒，要是栉田没背叛 D 班的话，她也不必在之前的考核中如此苦战。堀北是这么想的。

　　但是如果换一种思考方式，正是因为能够利用栉田这个间谍，龙园才会大意。要是没有可用的棋子，他恐怕会想别的方法。

　　从结果上来说，栉田的存在不管怎样都缩小了敌人攻击方式的范围。

　　"虽然不是唯一一次失算，但在 Paper Shuffle 的时候，我是想将计就计来着。"

　　"事实上是这样。"

　　"本以为不好好备考的 C 班说不定有人会被退学，现在看来这个想法还是太天真。"

　　若是能得到考题与答案就没必要学习，所以麻痹大意的 C 班里就算出了退学者也不足为奇吧。

　　启诚他们也是这样，果然大家想的都是一样。

　　"因为 C 班里面也有头脑聪明的家伙发挥着和龙园不同的支撑作用，这么想才对。"

　　"对呀，在看不到的地方也在努力的话就值得褒奖。"

　　不管怎么说，龙园现在迫切地想找到藏在堀北身后的人。

　　为此，即使被学校特别关注也在所不惜。

　　从他的行动中能感受到这一觉悟。

　　"接下来他恐怕会更加无休止地找茬。"

　　"这和我可无关，和他们正面交锋是你的任务。"

　　"这我知道啊，被你硬拉进这件事里来，也像是命中注定的。"

"你竟然这么轻易就接受了。"

"我除了接受别无选择不是吗？都到这步了，也没法放弃了。"

向前看是好事。堀北的潜能本就不低，只要她能够像平田那样善于和别人交流，就会成为与她现在的地位相匹配的存在吧。

"你有在想对策吗？"

"什么意思？"

"我的意思是你有没有应对龙园的作战计划。现在不先采取措施的话，事态会无可挽回。"

看来堀北在担心我的真实身份暴露。

但是，这没有必要。

"作战计划？没有。"

"你又这样……"

她深深地叹了一口气，似乎是觉得我什么都不告诉她。

"那不说这个了，你还在参加他们的聚会吗？"

"他们？是指启诚他们吗？有什么问题？"

"我可不觉得加入那个小团体有什么好处。本来是因为长谷部和三宅有偏科的科目才成立的学习会不是吗？现在考试都结束了还有必要存在吗？"

"我并没有以有益无益来判断，和他们在一起的时候轻松愉快就行了。"

因为只要和堀北在一起，话题都会转到和升到 A 班有关的事情上。

本来我就对升到 A 班没有什么兴趣，和堀北没有什么共同话题也没办法。

要是堀北可以不一直和我说各班纷争之类的事情的话，我倒是能够像与启诚他们在一起时那样和她交流。

"……你会帮我的，对吧？"

"我会帮你，尽可能的。"

她露出并不是十分信服的表情。

1

上午最后一节课结束，到午休时间了。在想要不要叫明人和启诚一起去吃午饭的时候，发现有人一直看着我这边。

"干吗呢，你不会是想继续上午的话题吧？"

"不是，是有件事想拜托你。"

"麻烦的事就算了。"

"我不否认这是件麻烦的事情，但是不会占用你太多时间的。"

堀北一边说，一边从书包中取出一本书。

"你上周不是说想读这本我在读的书吗？"

说完，她把印有图书馆馆章的书放在桌子上。

"《再见，吾爱》吗?"

雷蒙德·钱德勒的名作。

之前就很想读，为此几次去图书馆，但不知道是不是因为这本书在这所学校有着不可思议的人气，一直都没借到。正想着要不要放弃借书，直接买一本来读。

"它总是被借走呢，莫非你能借给我?"

能够想到它只要一被归还就立马会被借走。

确实，从堀北那里借的话多少有些要小聪明的意思，但从上一个借书人那里直接拿到手是最好的办法。

"你要是想借的话，我正有此意。对了，返还日是今天，所以你能不能去图书馆办一下归还手续，然后你再重新借这本书。"

"你觉得还书有点麻烦，所以就让我去还?"

"就算我专门去还了，你不是还得去图书馆借吗?从效率的角度来看的话，我觉得让你去还书才是正确的做法。"

确实如此，省了堀北还书这一步。

借书的时候需要学生证，也无法让她以我的名义重新借。

但与之相反，只还书的话，是不需要提供任何证件的。

"当然啦，你要是不想的话，我就自己去图书馆还。毕竟这本书人气很高，也不知道要到什么时候才能到你手上。要是你不觉得去图书馆折腾来折腾去浪费时间的话，那就这样吧。"

不管怎么想，这都是浪费时间好吗？她毫不留情地给我施加压力。

莫非这是堀北式的温柔？

"……懂了。万分感谢，我收下了。"

"拜托了。"

堀北把书递给我。

"不管是今天的午休还是放学后，你挑个方便的时间还就行。但是必须今天处理掉，要是被当成延迟归还，我可要你负责。"

"知道。"

虽然没在图书馆借过书，但基本流程我还是知道的。

借书是免费的，但不按时还书的话会扣除个人点数。

"事不宜迟，我现在就去。"

这样的话堀北也能安心，麻烦的事还是不要拖到最后比较好。

2

刚到午休时间的图书馆意外地是个好去处。

因为馆内是禁止饮食的，所以不能在这里吃午饭。现在这里只有几个人，还书手续看样子也能顺利完成。

"既然这样，要不然再借点别的书吧……"

不管是借一本还是借两本，还书的时候所费的工夫都是一样的。

办还书手续之前，我就把想读的书一起借了吧。

我拿着《再见，吾爱》，打算去逛推理小说区。

干脆再借一两本侦探小说吧，要是能借到雷蒙德·钱德勒的就更好了。

我好不容易找到推理小说区，看到有一个女生正拼命地伸长手臂，想要取比自己高的书架上的书。

书的位置也非常巧妙，正好在差不多能取到但又实际上取不到的地方。

也正是因为差不多能取到，所以女生对用辅助阶梯有抵抗情绪。

她想要拿的书是艾米莉·勃朗特的《呼啸山庄》。

由文学史上著名的勃朗特三姐妹中的二姐所著。

不过，虽说情节大致上确实很像推理小说，但题材上不应该归为恋爱吗？

我走到她身旁，将女生伸手想取的《呼啸山庄》取了下来。

"我可能多事了。"

这一瞬间，我意识到我见过这个本以为是陌生人的女生。

"你是 C 班的……"

椎名日和。

她是不久之前和龙园一起出现在我们面前的学生。

对方在静静地看了我一眼以后，也同样认出了我。

"你是……绫小路同学吗？"

看来她还记得我的名字。

我们两人现在这种相遇方式可以说是不可思议，但也可以说是必然的。

"啊，先把书给你。"

我把书递给她。

"谢谢。"

"你喜欢勃朗特？"

"我既不喜欢，也不讨厌，只是这本书放的题材区域不对，我想把它放回到正确的地方去。"

"这样啊。"

她和我的想法相同。

"你手里拿着的是……《再见，吾爱》吧？是本名作呢。"

我注意到椎名的眼中似有光辉闪烁。

"今天成功地从朋友那里借到了。"

"真幸运呢，好像在二年级的学生中兴起了雷蒙德·钱德勒的读书热，他的书的争夺战似乎一直在持续。我也想再重读一遍来着，但是今天也没能抢到……"

"那真是不好意思了，我这和转借差不多。"

"没关系，我以前读过，而且在找这本书的时候又遇到了别的书。这所学校的藏书量可真多，要是埋头阅读的话估计毕业也是没多久的事。"

她这样说着，将勃朗特的书拿在手中，露出微笑。

"……说不定真是这样。"

这里确实藏有相当多的书。

"耽误你时间了。"

现在是宝贵的午休时间。我没吃午饭就来这里了，和其他班学生闲聊把时间用掉不是我的本意。我决定离开。

"你不是来找其他要借的书的吗？只是返还和借出手续的话在前台办不就行了，你是想顺便借点别的书回去对吧？"

椎名叫住了想转身离开的我。

"我打算下次再来借……你在干什么？"

椎名将视线从我身上移开，转向了推理小说区域的书架。

"你读过多萝西·利·塞耶斯的系列作品吗？"

"没有，读过克里斯蒂，但是多萝西的还没读过。"

"要是这样的话……我推荐你读《谁的尸体》，彼得爵系列的第一本，只要读了就会爱上的。"

她这么说着，从书架上抽出这本书，接着递给我。

"那个……"

我对这神奇的发展深感困惑，不知该如何回答。

"我自顾自地说了这么多，让你为难了吧。"

虽然我对这本书没什么特别的兴趣，但我也没有那种就此拒绝的魄力。

反正借书是免费的，就顺便借了吧。

"不，虽然我确实有点糊涂了，但机会难得，我借来看看吧。"

"真是太好了。"

不知她有何打算，椎名脸上浮现出异常高兴的笑容。

"你应该还没吃午饭吧？可以的话要不要一起去？"

"……"

比推荐书更加难以理解的举动。

就算这次相遇真的是偶然，但恐怕把这看作是龙园的指示更加妥当。

"C班里没有人喜欢看小说，因此我没有人可以说话。"

不知是不是因为无法忍耐我的沉默，椎名这么对我说道。

"这存在很多问题不是吗？现在C班正在焦急地寻找D班的某个人，包括我在内的数人，都被列为嫌疑人。"

这个椎名，恐怕是被告知我和启诚有可能是藏在堀北背后的人，然后受委托进行调查。

若不是那样的话，不可能会突然出现在我面前。

她现在似乎打算更加深入了解我，很可能和那件事有关。

在某种程度上，她是比龙园更加可怕的存在，因为我们对椎名日和一点也不了解。

在迄今为止的考核中我们都没有意识到她的存在。

利用轻井泽倒是可以收集到一定的信息，但是现在在龙园的监视下，我们无法随意行动。

启诚，波瑠加，当然还有堀北都不擅长收集其他班的信息。

虽然还可以利用平田，但是那个家伙基本上保持中立态度，而且我还没有完全看透他是怎么看待我的，所以不想这么轻易地去拜托他。

至少，在现在这个时候不想去拜托他。

"别担心，那不过是为了龙园同学而走个形式。我本就对斗争什么的没有兴趣，难道和我说话会引发什么问题吗？"

"不会，要是你没有问题的话，我也没什么好说的。"

"太好啦。因为那些无聊的事情搞得同学之间产生隔阂就不好了，大家和和睦睦才是最好的。"

隔阂，在这所本就以相互竞争作为生存方式的学校里，产生隔阂是难以避免的事情。

但是，大部分的学生理所当然似的普普通通地相处。像平田还有栉田无差别人气爆棚那样，"朋友"之间本就不会产生如墙壁一般的障碍。

"那就一起去吧，时间在一分一秒地过去呢。"

我看向图书馆内设置的挂钟。

"我去前台办个手续。"

在偶然前去的图书馆里，谁也没想到会发生这样的事。

3

我们两人走向学生食堂。午休已经开始了超过二十分钟，食堂里有许多学生，十分热闹，但大部分的学生都是正在吃或者快要吃完了的样子，几乎没有人排在贩券机前。我简单地选了一个每日更新的套餐，接下来的时间才难熬。

椎名似乎难以抉择，按按钮的手指上下左右摆动不知道选哪个好。

"稍微等等我哦……"

我静静地等了大约两分钟，她终于下定决心和我选了一样的套餐。

"耽误你的时间了。"

"没关系，反正后面也没有人在排队。"

很快，两份套餐做好，被放在了台子上。

椎名似乎不方便去拿装着套餐的托盘。

因为她将那时拿进图书馆的书包，也一路拿到了食堂。

"书包很碍事吧，我帮你拿。"

"不，我不能麻烦你。"

"没事，要是你拿着托盘摔倒了那才叫麻烦。"

"对不起……"

我接过她充满歉意递过来的书包，相当的重。

她不会还背着教科书吧？

"很重吧？谢谢你了。"

我们极力避开人群密集的地方，找到了两个空位。

"你平时来食堂吃饭吗？"

"不来，基本上早晨会在便利店买好午饭，在教室里吃比较多。绫小路同学经常来食堂吃饭吗？"

"因为便利店的饭有些乏味，还是刚做出来的好吃。"

椎名拿起筷子，优雅地将菜送进嘴里。

看到这一幕的我对她产生了钦佩之情，她拿筷子的方式非常美丽大方。

"嗯，这样啊……学生食堂的饭菜确实好吃，我要牢牢记住。"

"难道你这是第一次来食堂吃饭？"

"暴露了啊。"

"我看你在贩券机前也犹豫了一会儿，然后就想着你会不会是第一次来……"

第二学期都快要结束了还没有吃过食堂的学生确实少见。

"以前是有兴趣的，但是失去了最初的契机后，就不愿意来了。想着这次机会难得，这才鼓起勇气和你一起来了。"

我不知为何可以理解这种心情，突然去平时不去的地方的时候是需要鼓起一定勇气的。因为不了解那个地方的情况，不想让那些常去的人看到不知所措的自己，在这一自尊心的作用下，就会放弃前往。

我最初对在便利店里买滴滤式咖啡也有抵抗心理。

因为对自己拿着只放了冰块的杯子顺利做成咖啡没有自信。

但一旦起了个头就会发现这些都是没什么大不了的事。

"那以这次为契机，你说不定以后就能来了。"

"是的呢。"

然后，我们随便聊了聊，结束了在学生食堂的午餐时光。

因为我们是后来的，等我们吃完的时候食堂里的学生几乎都走光了，只剩下零星几个热闹地聊着天和慢悠悠地吃着饭的学生。

"不好意思，回到刚刚在图书馆里的话题，有时间的话你可以读读这些书吗？"

椎名将书包放到桌子上。

咚！传出从书包外观看完全想象不出来的重低音。

"绫小路同学读过其中的哪些呢？"

她从书包中拿出了四本书，难怪书包那么重。

居然分别是康奈尔·伍尔里奇、埃勒里·奎因、劳伦斯·布洛克，还有艾萨克·阿西莫夫的作品。

"真是不错的书……"

无论哪一本都是往年的推理名作。

"你知道他们吗？"

"我也相当喜欢推理小说。"

"是吗？"

椎名合掌微笑。

我突然发觉书有些不同。

"这些不是图书馆的书吧。"

"这些全部都是我自己的，想着什么时候遇到了有着相同兴趣爱好、能聊得来的人方便借给他，就随身带着它们。一开始只有一本，在可以借书出去的人出现之前，不小心越积越多了。"

"这样啊。"

这孩子有点天然呆的样子。

"别客气，不管哪本你都可以拿去看。"

"那就选……我还没读过的埃勒里·奎因的这本吧。"

"嗯嗯，好的。"

如果这都是演技的话那就太了不起了，但是总觉得这不是。

让人只觉得她是单纯喜欢书才会做这些事情。

但是，我和她在奇怪的地方产生了奇怪的关联。

当然，如果这是 C 班布置的陷阱的话确实应该有所防备，但这次应该可以说是纯粹的偶然。

我们在约定了过几日还书以后，宣告午休结束的铃声响起来了。

4

放学后，像往常一样，手机的群聊里有了新消息。

"能来榉树城的话就来，在老地方。"

是波瑠加发的，语气轻松。

在我正要打字回消息的时候，邻座的话语如同利刃般传来。

"你脸上带着那种女孩子才有的笑容，真让人不舒服呢。"

"谁啊？"

"你啊，就算我不说你也该有点自觉吧。"

"至少我有信心说，不止我一个人脸上带着这种笑。"

我不记得自己嘴角有上扬。

"你是真傻还是假傻……我说的是你的内心。"

看来，堀北看出我因收到朋友发来的信息而内心愉悦。

"你和他们相处得真好。"

扔下这句话，堀北拿着书包一个人回去了。

"带着像女孩的笑……"

虽然她对我收到来自朋友的信息没有恶意，但擅自推测我的表情，还将其解释为"像个女孩"，应该是因为她似乎对此不太高兴。

她就那么想维持我们两个人的同盟啊……

我迅速地收拾好东西，离开了教室。

一般的小团体的话都是在教室里打好招呼，一起前往目的地，但是我们这个不强制参与的小团体并不这么做。

不管怎么说，想聚的人在想聚的时间集合即可。

到达榉树城里的老地方，大家都已经到了。

"明人，你社团活动呢？"

"……今天翘了。"

"好像是 C 班的那群家伙又来弓道场了，虽然没有一见到就打起来……"

看来发生了一些争执。

"我和前辈说今天没什么兴致，想休息，我们管的还挺松的。"

就算要休息，这个理由也太老实了。

算了，要是撒谎说身体不舒服的话，现在也不能在这儿了。

"说真的，要是再不制止 C 班的暴力行动的话可能就糟了，社团活动也参加不了。"

"和老师谈谈呢?"

波瑠加这样建议,但明人左右摇了摇头。

"就算和老师说'我们正被C班监视'也没用,如果是禁止进入的地方还好,但来弓道部参观学习确实是他们的自由。"

就算这不是他们的本来目的,反复来参观学习本身是没有任何问题的。

"那倒也是,C班总是做些让人讨厌的事啊。啊,说起C班,我可看见了……哟,干得不错呀,老兄。"

不知道波瑠加用的是哪个年代的词,边说还边拿胳膊肘顶我的腰。

"看见什么了?"

"还问看见什么了,阿隆你不是和C班的椎名一起吃饭了吗?"

……原来如此,在学生食堂被她看见了啊。

虽说食堂很大,但到后来几乎没什么人了,被人注意到也不奇怪。

"爱里一直很在意这个,饭都撒出来了。"

"哇!我们不是说好不把这个说出来的嘛,波波!"

"是吗?那当我没说啊。"

大脑的结构可没有那么简单,不是说忘就能忘的。

但是这下我明白了。

今天集合一定就是为了说这件事。

"你难道是想赶在圣诞节前谈个恋爱？"

"是这样吗，清隆？我本以为你不会做这么俗的事情来着。"

启诚的话语中好像带着微微怒气。

"天真，太天真了启诚，所谓男女最终都会谈恋爱的，你居然说它俗，可真是太土了。现在的年轻人可比你想的要早熟。"

"早是多早，可我们才高一啊。"

"高中一年级才谈恋爱可就太晚了的意思。我小学的时候，同年级的学生里就有人和初中生或者高中生谈恋爱。"

听到波瑠加那有着强烈冲击性的发言，启诚张大嘴说不出话来。

"我听、听都没听说过。"

"那只是因为启诚你不关注周围而已。对像小孩一样的同年级男生没兴趣的女生可多着呢。"

觉得那只是小学生过家家，但也可能是我和启诚不谙世故。不过，刚刚有个地方必须加以订正。

"看你们聊得这么嗨我打扰一下，我和椎名可没什么。"

"是吗？不是因为害羞了，在掩盖些什么吧？"

"看……看嘛，我就是这么说的，但波波怎么也不相信。"

"午休的时候有事去了趟图书馆，在那儿很偶然地被椎名搭话了。估计就和明人在社团被石崎他们盯上了一样。我也被问东问西，要是反常地拒绝她导致被额外关注就惨了，所以才……"

按事情的先后顺序来说的话，也会更加可信。

而且我讲的并不全是谎言。

就算那是偶然的相遇，她想侦察一番的可能性也很大。

"终于绫小路你也被盯上了啊……龙园那个家伙这么不满意要被 D 班超过的事吗？"

明人切身体会到除了自己以外受害范围还在扩大，愤慨地说道。

但是启诚开始从别的角度思考这次的尾随事件。

"不，说不定不是这样。最近，D 班有隐藏的幕后人这个传闻不是在扩散吗？虽然我一直以来都没有留意这个，但这说不定就是龙园跟踪我们的原因。绫小路，椎名问你什么了？"

"正如你说的那样，大概是因为看我一个人好搭话吧。虽然也掺杂着别的问题，但和隐藏的幕后人有关的问题问了我好几个。"

"是、是这样啊。不是约会对吧？"

原来和恋爱什么的完全没有关系，爱里如释重负。

"但是我也什么都不知道，她问我我也回答不出。

说真的，当时太艰难了。"

"但我觉得你当时和她聊得很开心呢。"

"也不能把我的负面情绪表现得太明显吧，毕竟是同年级同学。"

波瑠加有些半信半疑，但启诚很快地转变了话题。

"波瑠加说的暂且放一边，C班的事确实让人有些不放心。虽然是偷偷听来的，但是须藤好像又被C班的人纠缠，还找堀北商量来着。"

看来今早须藤和堀北的对话被启诚听到了。

"启诚你那边没事吧？"

明人有些担心地说道，启诚做思考状。

"现阶段还没有什么异常的状况，但是，要说可疑的地方也不是没有。"

启诚又回想了一遍近来发生的事，说出了自己有些在意的地方。

"最近见到C班学生的机会好像变多了。你们可能没注意到，全都是龙园身边的人，难道我也被跟踪了吗？"

这种可能性极大。

"这样啊……但我身边还没有。"

爱里不记得身边有过这样的事，慎重地举起手。

"我也是。"

波瑠加也和爱里一样举起手。

　　一般来说谁都不会想到自己会被人跟踪。

　　更何况大家以前都没有被跟踪过的经历，所以确实也很难意识到。

　　"有可能只是像启诚之前那样还没有觉察到，说不定就被谁盯着呢。"

　　"什么？这不是跟踪狂吗？太恶心了。"

　　当然，男生跟踪女生的话会产生许多问题。

　　龙园如果考虑周全的话，应该会派出女生。

　　"这也有可能……"

　　一直听着大家说话的明人，手放到嘴边然后像想起了什么一样说道：

　　"我社团活动结束和你们会合的时间一般都会晚点对吧？"

　　"对，六点多或者七点多的时候。"

　　"总觉得 C 班的学生太多了，前几天在榉树城这里会合的时候，小宫在附近对吧？他现在也在。"

　　在这个小团体中，明人头脑清晰，有着敏锐的观察力。

　　波瑠加想环视四周，但被明人阻止了。

　　"别这么做，还不确定到底是谁在盯着我们，不做反应比较好。"

　　要是明人没有开口阻止的话我就要开口了。

　　尽量避免多生事端。

"啊，好恶心。"

"话说，D班里有幕后操纵者的传闻是真的吗？"

波瑠加可能也没当真，到现在还是半信半疑。

"别当真波瑠加，龙园不过是在一本正经地胡说八道，要是那个人真的存在的话，他又怎么会知道。"

明人从根本上否定这件事。

但是，启诚换了个角度。

"龙园应该也是好好考虑过的，正是因为他认为那个人存在，才会跟踪我们想要把那个人找出来。要是真像龙园所说D班里有这么一个幕后操纵者的话，会是谁呢？"

"你也觉得有这么一个人啊。"

"不这么想的话不就说不通龙园他们行动的意义了吗？"

明人还是有点不同意。

"要是龙园所想的行动是有意义的就好了。"

可能是因为此前多次被C班找茬儿，明人还有些不相信。

"阿隆你怎么想？"

果然问到我了。

"不管他们要找的这个人实际上存不存在，跟踪我们的目的应该就是想找到这个人。"

听完大家的意见，波瑠加抱着胳膊说道：

"那就是除堀北以外在之前的考核里活跃的人咯？难道是启诚？头脑聪明，考试中成绩也一直名列前茅。"

"我可什么都没干，无人岛考核还有船上考核的时候都只是听从指挥。"

启诚边反省边叹气。

"那是高圆寺吗？虽然性格恶劣，但头脑聪明，运动神经也异常发达。"

"正是因为如此才不可能吧，性格就像波瑠加说的那样，看上去像是会为了班级努力的人吗？"

他比堀北还要缺少团队协调性，已经达到了一种难以置信的程度。

"但是，正是因为如此才装作那样。"

"意思是他那奇葩的性格是装出来的？"

"他的真实身份其实是沉着冷静的幕后谋士……有没有这种可能？"

全员同时摇头。

"绝对不可能……"

正因为相处了这么久，那么奇葩的性格一定是高圆寺的本性。

"说起来，就算不提性格有多差，高圆寺是幕后策划者的可能性也极低。"

启诚的话听起来像是有一定根据的。

"那个家伙在无人岛考核的时候，第一天就中途退出了，就是说他应该完全没有把握战局。如果那个时候除堀北以外还有别的幕后人的话，高圆寺是完全不可能的。"

"哦，原来如此。启诚，你说得很有道理。"

"但这也不过是我的推测。这是以龙园所说的幕后者真正存在为前提的，而且幕后者还参与了所有的考核。但就算他真的存在，也有可能在无人岛的时候还没有参与进来。"

"嗯，确实如此。"

"但是我总觉得班里真的有这么一个幕后者。"

"启诚你为什么这么想？"

面对明人持续的质疑，启诚接着答道：

"凭感觉，非要说根据的话，那就是因为 D 班能够发展到今天这个样子。"

"但是，龙园为什么能断定那个幕后者不是堀北？"

这是谁都没有弄明白的地方，谈话在这里稍稍停了一会儿。

"有没有可能是平田同学？在无人岛的时候，他好像说过从堀北那里得到了一些建议来着。"

"你的意思是实际上背地里是由平田指示的？"

"虽然他看上去不像是会这么做的人，但是也没法完全否定。"

最终，身边的人里最有可能的就是平田了。

"但平田肯定会被盯着吧。"

"好可怜……可能被十来个人盯着也说不定。"

平常要是被这么多的人监视的话，恐怕一举一动都会被看到。

就如同明人被石崎他们缠上一样，平田应该也被谁盯上了，但平田是一个通过不插手不干预问题来解决问题的学生。

他面对必须打败的敌人的时候，也会为对方考虑的样子浮现在我的眼前。

我最近和平田基本上没有接触。

龙园他们正在暗中调查，在这一局势下我的行动受到了限制。

没必要给他们多余的线索。

"清隆同学。"

听着大家说话的爱里，有些顾虑地开口说道。

"嗯？"

"希望我的问题不会让你生气……但是，那个幕后者，有没有可能是清隆同学呢？"

听到这一席话，剩下的三个人也齐刷刷地看向我。

"你怎么会这么想呢？"

"因、因为，那个……清隆同学一直以来都很沉着冷静，脑子又聪明……值得信赖……所以我想着他应该给堀北同学提了许多建议……"

"阿隆成绩好吗？"

"好像不好也不坏。"

启诚迅速推了推眼镜。

这是他们对单纯，或者说是不了解同班同学的爱里的话发表的意见，对她并没有恶意。

"对、对不起。我只是不由得这么想了而已……要是因为清隆同学无意间提了建议，结果被龙园同学盯上的话也挺可怜的……"

"可惜了，我也只是从堀北那里得到建议的那一方。"

"哎，阿隆你也带着一点神秘的要素呢，毕竟是堀北身边的人，这么看的话你被怀疑也并不奇怪。"

"大概……是这么一个情况，椎名还直接来向我搭话。"

一直以来都否认有幕后操纵者的存在的明人得出了一个结论。

"他们确实很有可能在怀疑绫小路。就算幕后者不存在，也有可能因为他一直在堀北身边，导致他们对有幕后者存在一事深信不疑。"

"要是这样的话，对阿隆你来说这真是个灾难。"

"就是说啊。"

"因子虚乌有的事被龙园监视啊，光想想就头疼。要是你遇上了什么难题，尽管找我们商量。"

"啊，好。"

但是，这种跟踪龙园不会一直持续下去。

龙园一定会寻找一个好时机，发起总攻。

5

放学后，我一边放松着酸痛难忍的肩膀，一边发出不会让任何人察觉到的叹气声。

肩膀酸痛是因为班里有一个人的行为实在难以理解。

裙摆随风轻摇，她停在我的面前。

"绫小路同学，你今天有时间吗？"

和我说话的是 D 班的女生佐藤。

"有时间的话可以一起喝个茶再回去吗？"

她一边用左手食指一圈一圈地像卷意大利面似的卷着自己的头发，一边说道。

不得不说她是一个有胆量……有积极性的学生。

佐藤，从以前开始就对我做类似表白的事。

这次应该就是约会的邀请吧。

坐在我旁边的堀北看样子毫不在意，收拾完东西就离开了教室，但隐隐感觉到绫小路组的成员们在注意着我这边的情况。

可能在想为什么活泼开朗的佐藤会和我说话。

特别是波瑠加，正津津有味地关注着我这边的情况。

"……"

今天没有什么特别的计划，和成员们的聚会也不是强制参加所以不必担心。来自成员们的视线让我有些在意，但这也只是小事。

"你放学后有别的事吗？"

因为没有立刻得到我的应允，佐藤有些不安地问道。

"对不起，佐藤，我今天还有其他事。"

虽然有些犹豫，但我最后还是拒绝了。

理由和导致我肩膀酸痛的原因有关。

从今天早晨开始一直到放学，那道时不时看向我的视线让我有些不爽。

在我和佐藤说话的期间，那道视线也一直停留在我身上。

视线来自下了课还留在教室里的茶柱老师。

她本人看上去虽然像是在淡淡地处理着剩余的事务，但其实非常明显她是在一边假装处理手头事务，一边看着我。

她似乎是有事想找我。

"这……这样啊，那再见绫小路同学。"

让佐藤失望虽然不好，但今天实在不凑巧。

佐藤目送我离开教室。

这个问题解决了……但是另一个问题也立刻出现了。

几乎同一个时间点走出教室的茶柱老师紧跟在我身后。

果然是有事找我。

看来拒绝佐藤的邀请是正确的。

我特地避开显眼的走廊，选择了一个需要绕远路的楼梯走向玄关。

"……绫小路。"

在人少的地方，茶柱老师走近我并开口说道。

"找我有什么事吗？"

"嗯，先跟我来。"

"这可就难办了，我接下来和堀北还有约。"

我想撒个谎溜走。

"我作为老师虽然不想做这种没准备的事，但有时也不得不这么做。"

一直以来都不会外露感情的茶柱老师，罕见地露出无可奈何的表情。

"我有不好的预感。"

"很遗憾，你没有拒绝的权利，是非常重要的事情。"

虽然不想跟着她去，但老师的命令不得不从。

心中多多少少的抵抗也已是徒劳，我跟上茶柱老师的脚步。

"接待室？专门到这个地方来说吗？现在谈以后的升学就业未免太早了吧。"

"你马上就知道了。"

我尝试让气氛变轻松，但看样子她并不会回答我的问题。

比起门的另一侧，我更在意现在茶柱老师的情况。

她的情况怎么说呢，紧张中似乎还带着焦虑。

就算门的另一侧是我猜的那个人，老师的态度变化如此明显也很奇怪。要是平常就缺乏冷静的老师就算了，但是茶柱老师不同。

茶柱老师没有察觉到我的疑惑，敲了敲门。

"校长，我把绫小路同学带来了。"

校长啊。像我这样的学生，本来从开学到毕业应该都和校长扯不上关系。

"请进。"

虽然语气柔和，但还是能够感受到与年龄相匹配的威严。茶柱老师打开了接待室的门。

一个六十岁左右的男人坐在沙发上。每学期的开学典礼和结业式的时候见过几次，他毫无疑问是这所学校的校长。但是，他的表情可不轻松，额头上还冒着虚汗。在他的对面还坐着一个人，这下我知道了。

我会被叫到这里来的理由。

"那接下来就请二位聊吧，我就先离开了，可以吗？"

"当然。"

校长对面坐着的是一个四十多岁的男人，明显要比

校长小两轮，但校长从头到尾都低声下气的，逃命似的
离开了自己的地盘。

"那我也先告辞了……"

茶柱老师也向那个男人行了一礼，和校长一起离
开了。

我没错过她最后看向我的视线中有一丝游移。

门被关上，只剩下暖气运作的声音。

我一动不动且一言不发，男人静静地说道：

"先坐下来怎么样，我可是专门来看你的。"

时隔一年，不……一年半，再次听到这个男人的
声音。

语气和语调，和以前相比没有任何变化。

我也没有期望过他能有什么变化。

"我可没有时间坐下来和你长谈，接下来还和朋友
有约。"

"朋友？别开玩笑了，你怎么可能会交到朋友。"

明明没有时刻关注我的生活，他却如此断言道。

确实像这个坚信自己是绝对正义的男人说出来的话。

"我和不和你交谈，这对我接下来没有任何影响。"

"那我可以认为你会给我我想要的回复吗？如果不
是这样的话，我们也没必要谈下去，我也是抽时间过
来的。"

男人看都没看我一眼，就得出了这样一个结论。

"我不知道你想要什么样的答案。"

"退学申请书已经替你准备好了，刚刚也已经和校长说过了，就等你同意。"

我刚想搪塞糊弄过去，男人马上切入正题。

"我没有要退学的理由。"

"对你来说可能是这样，但对我来说你必须退学。"

说到这里，男人第一次将视线转向我。

他那锐利的目光没有削弱的趋势，反而一年比一年尖锐。

他那如同被磨光发亮的利刃一般的瞳孔，应该有不少人觉得自己会被这双瞳孔看穿内心吧，但我选择正面迎上它。

"仅因父亲单方面的意见就无视孩子的意见吗？"

"父亲？你有把我当过父亲吗？"

"确实没有。"

最根本的问题在于，这个男人有没有把我当过自己的孩子尚且存疑。

恐怕我们两人都觉得我们只不过是户籍上的父子。

血脉相连什么的根本无所谓。

"大前提是你擅自行动了，我应该只是下令要你原地待命而已。"

男人已经不再催促我坐下，接着说道：

"你违背我的命令进入这所学校，我命令你立刻退学也是理所当然。"

"只有在 White Room 里你的命令才是不可违背的，现在我没有必要听你的命令。"

简单的逻辑说明，男人自然不会接受。

"不过是一段时间不见，你变得如此能说会道了，果然是受了这所无聊学校的影响。"

男人以手托腮，用看脏东西般的眼神看着我。

"你不如先回答我刚刚的问题。"

"有没有必要听我的命令，这个无聊的问题吗？你是我的所有物，所有者拥有支配所有物的一切权利，生死也是由我来决定。"

在这个法治国家，这个男人居然能一本正经地说出这样的话，性质实在是恶劣。

"虽然不知道你到底要纠缠我到什么时候，但是我没有退学的打算。"

就算再继续这样争执下去，也不会有任何进展，我们都心知肚明。

讨厌浪费时间的这个男人，自然是用另一招。

"你不想知道把这所学校告诉给你、给你出主意让你入学的松雄，他怎么样了吗？"

"不想。"

这个名字有些耳熟，他的样子也立刻浮现在我的脑海里。

"他是被我任命负责管理你一年的管家，可惜最后背叛了我这个雇主。"

这个男人没有一口气将话全部说完，而是故意分开说。

这样做，可以让对方深刻记住内容的同时，灌输进重要的谈话要开始了的意识。

结合沉重的语调与目光，会让听话的这一方不由得向消极的方面思考，会想知道话里的这个人到底做了什么过分的事情。

"作为逃脱我的管理的方法之一，他告知了你这所学校的存在，还无视我的意见擅自给你办理了入学手续，他实在是太愚蠢了。"

说完将刚刚沏好的茶拿在手里，喝了一口。

"实在荒唐，这种行为不可饶恕，自然必须受到责罚。"

这并不是威胁，只是将发生的事实，原原本本地不掺加任何感情地说出来。

"你已经猜到了吧，他受到的惩罚就是被我解雇了。"

"这是违反雇主命令的人应得的惩罚。"

我的管家松雄，是一个年近六十的男人。

非常照顾我，待人也亲切，无论是什么样的孩子都会喜欢上他。

松雄虽然很早就结婚了，但是一直没能有孩子，过了四十岁才终于得到第一个孩子，代价是失去了自己的妻子。他独自抚养的这个孩子和我差不多大，记得他总是说这个儿子让他无比骄傲。

我虽没有亲眼见过他儿子，但松雄说过他儿子为了报答自己的养育之恩，每天勤勉读书。松雄当时的笑容，我现在仍记忆犹新。

"你也知道吧，那个让松雄骄傲的儿子。"

他好像看穿我一样，于是从这里开始突破。

"就像你确定进入这所学校一样，松雄的儿子也克服了考试的难关，顺利地进入了一所有名的私立学校，他真的非常努力。"

那个男人停顿了一下，接着继续说道：

"但，现在退学了。"

这句话的意思非常简单。

虽然没有明说，但意思就是作为松雄背叛自己的惩罚，取消了他儿子的入学资格。

眼前的这个男人的确有这个能力。

"然后呢？你就此善罢甘休了吗？真是太温柔了呢。"

"松雄的儿子是个内心强大的人，就算被心心念念的学校退学，也没有气馁，打算去其他的高中，想要重整旗鼓。所以我想尽办法阻止他，彻底摧毁了他所有的升学路，让他放弃了升学。松雄自身也一样，我散布他的差评，使得没有人会再雇用他。结果就是他的儿子没有学校可上，他自己也没有了工作。"

意思就是，我的任性导致松雄和他的儿子走投无路。

这些应该不是这个男人编撰的，而是事实。

但如果只是告诉我这么无聊的事情的话，也实在是扫兴。

"就这些的话大概你也不会有多惊讶吧，既然背叛了雇主，自然要付出一些代价。但是松雄似乎比我们想的还要想不开。本就是个又有责任感又温柔体贴的男人，早年丧妻，一个人辛辛苦苦带大儿子，因自己草率的行动断送了儿子的将来而苦恼不堪，所以做出了一个决定，在恳求我不要再干预他儿子的人生之后，作为代价，烧身自杀了。"

看样子这才是他说了这么久真正想说的。

将我的任性行动，与夺人性命的惨剧联系起来。

"现在，他儿子在没有保障的地方打工，靠微薄的工资勉强活下去，没有梦想，也没有希望。"

"因为你，他们一家遭遇了如此悲惨的事情，他儿子现在想必正恨着你吧。"

"这并不是死了就可以一了百了的问题。"

所以呢？我等着他继续说下去，男人微微扬起嘴角。

"照顾你、帮助你的人死了，你却看上去好像一点感触都没有呢。他赌上自己的性命来帮你，要是看到你现在的态度，估计也会后悔吧。"

这是这个男人的手段。

松雄和他的儿子不管是流落街头或是选择结束生命，其原因都在于这个男人。

归根结底，死人是没有后悔这一说的。

这个男人的目的不是要迫使我产生罪恶感。

也不是要引起我的同情。

他大概只是想向我展示他不会饶恕惹怒自己的人。只是想向我传递这一点而已。

"首先作为大前提，没有证据证明你说的话是真的。"

"松雄的死亡证明书已经被受理了，需要的话我可以让人把他的居民卡拿来。"

语气中带有随时可以的那种强硬态度。

"就算他真的死了，那我就更不能离开这所学校了。明明知道自己会被你惩罚还帮我入学，我这算是继承他的遗愿。"

用荒唐的回答回应荒唐的内容。

"清隆你变化很大啊。"

我明白这个男人想说什么。

我一直以来都服从于这个男人的命令……准确来说是在 White Room 里的命令。

因为对当时的我而言，White Room 就是整个世界。

但是，这个男人唯一的失败大概就是留出了一年的空白期吧。

"空白的那一年里发生了什么？是什么让你决定进入这所学校？"

这个男人也意识到了这一点，开始追问。

"确实，你施行了最好的教育，就算你的做法都不能为世人所知，我也并不否认 White Room 这一制度本身。所以，我并不打算和别人说过去的事情，也不愿说骗人的话。但是，你过分追求理想中的东西了，这才造就了现在的我。"

我是十六岁的高一学生。但我的知识量已经远远超过了普通人一生可以掌握的量。正因如此，我认识到了，或者说是可以认识到这样一件事，人类的探究心理是无穷的。

"你教会了我们很多东西，纯粹的学术知识自不必说，武术、护身术等数不胜数。但也正是如此，我才想学习你认为毫无用处而舍弃掉的'世俗'。"

"这和你离开家有关？"

"继续待在 White Room 里能学到和在这所学校里一样的东西吗？什么是自由、什么是不被束缚，在那里是学不到这些的。"

只有这点，是这个男人也无法否认的。

White Room 可能是这个世界上，最高效率培养人才的地方之一，但却无法学到所有的东西，那里会将不被需要的东西完全剔除。

"松雄和我说了，全日本只有这里能逃脱你的掌控。"

如果我不选择进入这所学校而是遵照指令继续待命，或者选择了其他道路的话，我大概又会被带回 White Room，所以我坚决拒绝退学。

"虽然有些难以理解，但看样子我不得不接受这个现状啊。果然不应该在计划完成之前，临时关闭 White Room，短短一年就使得耗费了十六年的计划毁于一旦，真是可惜。最可恶的是，你竟然为了逃离我的手掌心而躲进了这所学校。"

这个男人也对 White Room 的临时关闭感到后悔万分，所以才强烈地想把我带回去。但经过这半年以上的接触，我感觉到这所学校背后隐藏着些什么，可能是有什么大人物做后盾。

"我知道你来这里的理由，但要是你觉得这就万事大吉了的话未免太过天真。我也可以像对松雄的儿子一样，强行让你离开这所学校。"

"这所学校有一定的政府力量，我不觉得你可以介入。"

"怎么说得这么肯定，你的话没有根据可言。"

"首先，你身边没有日常跟在左右的保镖。四处招人怨恨的你，是不会不让他们跟在身边的，但是无论是房间里还是走廊上，目光所及之处都没有他们的踪影。"

男人再次将茶杯拿在手里，将应该已经变温的茶一饮而尽。

"不过是到一所高中来，保镖什么的不需要。"

"连去厕所都要带着保镖的你是不会做这么偷懒的事情，应该说是想带过来，但没能带过来吧，是这所学校的领导者没有允许你这么做。"

而且如果不遵从的话，男子就不会被允许进入这所学校。

"还是缺少根据。"

"其次，要是你能强行让我退学的话，就不会在这里和我磨叽，直接让我退学就好了。但是，你没有这么做，反而特意来和我谈话让我主动退学。这很可疑吧。"

他应该是见都没见过松雄的儿子，就让他退学了吧。

"还有一点，这所学校非常明显是属于敌方阵营，要是你强行施压的事被世人知晓了的话，你东山再起的野心恐怕永远都不会实现了吧？"

"……这也是松雄告诉你的啊，都死了还要来坏我的事。"

"也并不全是他告诉我的。"

松雄虽然不会告诉我过多的内容，但是我可以自己推断出来。

松雄应该也知道这个男人是不会被小伎俩阻止的。

"设施中断的影响也是如此，但我还发现了你另一个问题，那就是在无论多完美的教育下，人类都会迎来一个可以叫作'反抗期'的阶段。"

不过是十五年的教育，是无法和上古时代就已定型的 DNA 抗衡的。

"你这么一个小人物，为什么要做这种离经叛道的事？你应该从一开始就知道学习不需要的东西是没有任何意义的。"

"我不过是觉得探究永无止境，自己的路也要自己来决定。"

"无趣，这个世界上不存在比我给你准备的路更好的了。你早晚要超过我，成为撼动日本的存在，你为什么就是不懂这一点。"

"那不过是你自己的想法。"

"我们果然还是说不到一块儿去。"

"我也这么想呢。"

我们两人的意见无论如何都无法统一。

"White Room 已经再次启动了，这次计划完美，不会再有阻碍，落下的进度也准备追回来。"

"那应该不缺服从你命令的人吧，为何要拘泥于我？"

"计划确实顺利重启，但是还没有出现和你一样优秀的人。"

"'因为我们是父子'这样的话，你连撒谎都说不出来啊。"

"就算我撒了这种无聊的谎，你也不会相信的吧。"

确实是这样。

"我最后再说一句清隆，你最好想好以后再回答。是自己决定离开这所学校，还是让我强行把你带走，你想要哪种？"

看来，这个男人无论如何都想让我回到他的手掌心。

虽然不知道他会用什么手段，但是我并不想听他的。

"……看来你还是不打算跟我回去啊。"

我持续沉默，使得男人早早地得出结论。

"不知道这是不是对你的安慰，我是不会放弃学习新东西的。虽然指导方针不一样，但是这所学校同样也在培育着人才，我对此有所期待。"

"愚蠢至极，你完全不知道这所学校是个什么地方。这里不过是一群乌合之众的老巢，你班上应该也有吧，无药可救的渣滓。"

"渣滓？不是这样的吧。在这里你说不定可以找到人类是否平等的答案，我倒是觉得这很有趣。"

"废柴和天才能站在同一台上？你别开玩笑了。"

"希望如此。"

"看样子你是要和我作对到底啊。"

"说到这里就差不多了吧，你应该知道再说下去也不会有结果。"

在我表明了差不多想结束的意思的时候，接待室响起了敲门声。

"打扰了。"

随着这句话门慢慢被打开，进来一个四十岁左右的男人。

面对意料之外的访客，男人的表情变得有些严峻。

"好久不见啊，绫小路老师。"

说完，刚进来的男人深深地低下了头，他们看起来就像是下属和上司的关系。

"……坂柳。真是好久不见，有七八年了吧？"

"我从父亲那里接下理事长之位已经过了这么久了啊，时间过得真快。"

坂柳？这个自称是理事长的男人的名字有些耳熟。

大概和 A 班的坂柳有栖有关系。

"你是绫小路老师的儿子……叫清隆对吧？初次见面，请多关照。"

理事长向我打招呼，微微点头示意。

"请多关照。我们话已经说完了，我这就回去。"

"可以再待一会儿吗？我有些话想和绫小路老师还有你说。"

被这所学校的理事长如此拜托，我无法拒绝。

"来，坐吧。"

他让我坐到沙发上，然后自己坐在了我旁边。

"我从校长那里听说了，您是想让清隆同学退学对吧？"

"没错，既然家长都如此希望了，学校方面也应该立刻执行。"

听到男人这么说，理事长会作何回复呢？

理事长没有丝毫不安，看着男人的眼睛说道：

"不能这么说。学生的父母确实有很大的发言权，如果父母迫切希望孩子退学的话，不考虑孩子的意见同意让他退学的也是有可能的。但是，那是多方面考虑过后的结果。打个比方说，如果正在遭受极其恶劣的虐待的话，情况就不一样了。有这样的事吗，清隆同学？"

"完全没有。"

"太荒唐了，现在的问题不是这个，我不过是让他离开这个没有家长许可就入学了的高中。"

"高中不是义务教育，孩子想进入哪所学校也是他的自由。当然如果伴随升学而产生的教育费用等需要家长来支付的话，自由什么的也并不成立，但是至少这所学校的费用是由政府全额承担的，无须家长来支付。无论如何学生的自主性是摆在第一位的。"

这番话听起来理所当然，但是值得感激。

同时我也明白了一件事。松雄所说的"进入这所学校的话就可以逃离 White Room 的控制"这句话，应该和这个男人的存在有关。他面对我的父亲毫不胆怯，将自己所想的东西清楚地说出来，有着和屈服于权力的校长完全不同的可靠感。

"你也变了，以前那个支持我的你去哪里了？"

"现在我也非常尊重绫小路老师您。但是，正是因为我赞同了我父亲创建学校的方针，当时才继承了家业，这您应该最清楚不是吗？从父亲那时候开始，这所学校的方针就没有改变过。"

"我并不打算否定你的做法，你继承你父亲的想法也没有问题。但是，要真是那样的话，你又为什么让清隆进入这所学校呢？"

男人心生疑问，追问坂柳理事长。

"为什么？因为他面试和笔试成绩合格了。"

"不要回避问题，我知道贵校和其他的学校是不一样的，清隆本不能成为合格对象，面试和笔试不过是走个形式而已。"

听到这席话，一直面带爽朗笑容的坂柳理事长，表情产生了变化。

"……真不愧是绫小路老师啊，虽说已经退居二线了，知道得还这么详细。"

"进入这所学校的推荐名单应该早已暗中定好了，同时也确定了他们能被录取。换句话说，没有推荐名额的学生不论是谁都会落榜，不是吗？"

这些对话身为学生的我本来绝不可能会听到。

"清隆不可能在被选中的名单内，他被选上了这一点很可疑。"

"嗯，是的，他原本并不在入学名单内。入学名单上没有名字的申请者也全部做了不合格处理，不过还是走形式举办了面试和笔试。而只有他，是仅凭我自己的判断就批准入学的。您这次来可能是打算带他回去，不过他现在是我们非常重要的学生，而我有守护这所学校学生的义务。不管您再怎么要求，只要他自己不说走，我就没有办法让您带走他。"

"一派胡言。"男人不逊地说出这句话。视线从坂柳理事长那里移到了我的身上。

但坂柳理事长继续说道：

"我们也不会无视家长的意见，如果家长希望孩子退学的话，我们会反复进行学生、学校和家长之间的三方会谈，直到三方达成一致意见。"

这相当于完全断了退学这条路。

看来这个男人已经无计可施了。

"我的确没有办法在你的地盘上强行要求你做什么，不过，既然如此我也会换个方法。"

"您打算怎么做呢？如果太过分的话……"

"知道，我丝毫没有要给你施加压力的意思。"

这个能力超群的男人既然这么说，也可以理解为他无法这么做。

"只要他的退学符合贵校的规定就没有问题对吧？"

"嗯，我保证。我们不会特殊对待老师您的儿子。"

"既然如此我的话就说完了，再见。"

男人从沙发上站起来。

"下次什么时候能再见到您呢？"

"至少不会在这里见第二面。"

"我送您。"

"留步。"

男人拒绝了理事长的送行。我对他说道：

"你还要以家长身份来这里多少次？"

"这种地方，来一次就够了。"

留下这句话后，男人离开了接待室。

"呼……老师在的地方气氛还是这么紧张，你也不容易吧？"

"并不。"

毕竟我已经习惯成自然了。

接待室里只剩下了我们两个人，稍稍松了口气的坂柳理事长向我投来温暖的目光。

"我早就知道你的事情，虽说没有直接说过话，但是一直以来都透过玻璃观察着你，老师经常夸奖你。"

"这样啊，那么谜底就解开了。"

"谜底？这是什么意思？"

"没什么。比起这个，坂柳理事长，难道A班的……"

"有栖吗？她是我的女儿。"

"果然是这样。"

"啊，她可不是因为我女儿的身份才进入 A 班的，资格审查公平公正。"

"我没有质疑您这点，只是问一下。"

这我就多少明白了为什么坂柳她会知道我。

如果是他女儿的话，知道我的事情并不难。

"在您能解释的范围内回答我即可，刚刚那个男人……也就是我父亲说过的话里有个让我在意的地方。"

"你想问入学的事情？"

"对。"

"嗯，确实如绫小路老师说的那样，这所学校会以全国中学生为对象提前进行调查，只会允许通过调查，被判定'值得进入本校'的学生入学。每年都会和各个初中的负责人进行合作，开展这项计划，现在在校的学生就是如此。面试和笔试都不过是走个过场，通过审查的学生就算是在面试的时候吊儿郎当，考试的时候得了零分也能入学。当然了，我们也会收到来自全国各地学生的入学申请书，考试就是为了把他们都筛下去的幌子。"

所以，就算是笔试得了一百分，面试无可挑剔，也还是会被剔除出去。

反正被淘汰的学生也无从确认事情真相。

　　那我就明白了，为什么连须藤和池那种学习完全不行，还有轻井泽和平田那样有过问题的学生也可以入学。

　　"包括你也是，既然我决定让你入学了，那么不管你考试如何都能合格，就算是所有的科目都拿五十分也没有任何影响。"

　　真是一所特别的学校。

　　恐怕这样的学校在全日本也仅此一家。

　　"你和绫小路老师应该都很疑惑吧，为什么这样一所由国家主导的学校，不以学生综合实力高低作为评判标准。不过，你们将来就会知道答案，我们的学生培养方针到底是什么，以及会产生什么样的效果。"

　　坂柳理事长自信满满地说道。

　　"……一不小心说多了，我不能再告诉你更多的东西了。你是这所学校的学生，而我的身份则是监督指导你。"

　　即使如此还让我听到这一切，是因为我身处被逼迫退学的位置吧。

　　"我会在学校规定范围内保护学生，你懂我的意思吗？"

　　要是在规定范围内保护不了的话，他也无计可施的意思。

　　"当然了，我大概知道那个男人接下来会怎么做。"

要想把我从这所学校里逼出去，可采取的方法十分有限。

"那我就先告辞了。"

"嗯，加油。"

随着理事长的加油声，我离开了接待室。

一走出来，就看见了在不远处等待着的茶柱老师。我微微点了点头要从她身边走过时，她迈脚跟上了我的步伐。

"和你父亲的面谈进行得如何？"

"你不需要再拿这种拙劣的方法来试探我了，我已经全部明白了。"

"……明白什么？"

"明白了茶柱老师你所说的一切都是假的。"

"你在说什么？"

"你在动摇，虽然你可能还在隐藏，但是这已经通过你的态度表现出来了。"

视线的摇摆以及说话方式和以往并不相同，虽然只有细微的差别。

从外表看她已经竭尽全力抑制住了自己情感变化，但仍能看出她情绪上的波动。

"他没有和茶柱老师你接触，自然也没有要逼迫你要让我退学。"

"不，你父亲寻求过我的协助。事实上他也应该如

我告诉你的那样，是来逼你退学的。"

父亲确实是来强迫我退学的，不过从他是初次来到这所学校，还有他的态度就能看出他没有事先找过茶柱老师。虽然我没有确凿的证据来反驳她，但是我父亲和教师接触未免也太奇怪了。

"我们就不用再互相欺骗了，坂柳理事长已经全都和我说了，说是在决定让我入学的时候就和你谈过话。"

"……理事长告诉你了啊。"

我淡淡地笑了笑。

茶柱老师瞬间明白自己已经上当了。

"绫小路，你竟然给我下套？"

"理事长没有说过任何与茶柱老师你相关的东西，然而现在，我已经知道你们有关联了。"

见到知晓我所有的科目都拿了五十分的坂柳理事长后我就确信了。

"现在让你听听我的推测。首先，在我向这所学校提出入学申请的时候，早就听说过我的理事长就独自开始行动了。然后，在确定让我入学的同时就决定将我划分到 D 班对吧？而他偏偏将我分到 D 班的原因在于 D 班的班主任茶柱老师你是一个表面上对班级等级竞争没有丝毫兴趣的人。"

将我分到显眼的班级里去的话，会引起不必要的关注。

"可是，坂柳理事长有一个地方失误了，看上去并不在乎班级竞争，也对此毫无兴趣的 D 班班主任，实际上心里比任何人都想要升上 A 班。"

"……"

茶柱老师不知道该说什么好，只能沉默地听着。

她知道即使自己反驳了，也驳不倒我的话。

所以我才肆无忌惮地继续说道：

"你极其想要升上 A 班，但是时至今日都没有遇到优秀的学生，所以才将欲望深藏心底、装作毫不在意地走到今天不是吗？"

茶柱老师的眼神没有发生任何变化。

"这都是你的臆测，绫小路。"

茶柱老师反驳的话语没有任何威慑力。

"今年偶然出现了我这么一个非常怪的学生，这和往年情况并不相同。性格千奇百怪的学生很多，堀北、高圆寺、平田，还有栉田，好好引导的话是可以带领全班升到 A 班的，这实在让人期待，所以你尘封的野心才又燃烧起来。想起刚入学不久的时候，星之宫来找你时说过的话就更好理解了。"

旧识星之宫知道茶柱想要升到 A 班。

她所说的"以下克上"就是这个意思。

"不管现在我说的话还有态度有多无礼，你也只能把这口气咽下去。理事长要你保护好我，而且你还要把我作为升到 A 班的武器，所以你只能选择对我在这里说的话姑且听之。"

这是事实，茶柱老师别无他法。

"那么想要升到 A 班却一直当 D 班班主任的你是不会放过这次机会的。你撒谎说和我父亲有过接触，是因为你决定要将我作为你成功路上的一个工具，这是你来找我的理由，堀北也不过是你为实现自己目的而利用的一枚棋子。但是，事情远没有如此简单。"

我原本就没有什么上进心，从最初就没有想过要升到 A 班。

在她苦于不知如何利用基本上不主动采取任何行动的我的时候，最初的无人岛特殊考核拉开了这一切的序幕。

"如果在特殊考核开始之后还依旧没有缩小和其他班级的差距的话，就想赶也赶不上了。万分焦急的你，无奈把被理事长告知要保密的事情说了出来。

自那以后，D 班可以说是顺利地缩小了与其他班的点数差距，达到了现在的水平。

但是没想到在这个时候，我父亲开始联系学校，逼我退学。

现在，一切都真相大白了。

"你本想要控制住我，没想到现在全都暴露了。"

"……原来如此，难怪理事长说要特别注意你。普通高一学生的能力远不及你，你的逻辑能力也已经远超你这个年纪的正常水平。"

她停顿了一下，点头承认。

"……我承认，我确实没有见过你的父亲。但是只要我想，就可以让你退学。伪造一个你严重违反了学校规定的事情，然后告知学校。你无论如何都不想退学对吧？"

都到这一步了，她居然加强了对我的威胁。

"你是想说不管过程如何，结果都不会发生变化对吗？"

"没错。"

"很遗憾，我已经确信你不能让我退学。"

"……让我听听你这么说的理由。"

我调整了一下自己肆无忌惮的口气，恢复原来的状态。

我的心情实际上没有发生任何变化。

不过是为了确认茶柱老师的真实想法才故意装给她看的。

"是基于现在的状况做出的判断。现在 D 班的成绩恐怕是近年罕见的好成绩，堀北还有其他学生也都在慢慢蓄力，并不是说没有我的帮助就绝对升不到 A 班。"

D 班正以猛烈的势头追赶前面的班级，眼看就要超过 C 班了。

不仅如此，现阶段班级内部也正在发生逆转。

若是出现退学者的话自然会离目标越来越远。

到那时候茶柱老师就无力回天了，就是这么个意思。

"就算我离开了班级竞争战，您只要有希望就还会继续战斗下去。"

人类很难做到主动放弃自己的希望。

"所以，你会还我自由。"

"你都已经全部知道了，还要放弃升到 A 班吗?"

当然要放弃了。为了升到 A 班而利用我的老师和想让我退学的父亲在背地里相互接触的事情今后也绝不会发生，也就是说我完全没有必要担心。

"至少我该退场了。"

我并没有把话说死。

只要有希望人就会继续坚持下去。

越是清楚可能性无限接近于零，就越会想要去相信。

茶柱老师止住脚步。

"总之，请您今后老老实实地关注事情的发展，也不要再基于个人野心来接触我了，这样会妨碍我尽学生的本分。"

我一再提醒她。

"要是我偏不放你走呢?"

"那你就只能怀抱你的野心被埋葬了，这可不是一个聪明的选择。"

"那么我换一个问题，当我丧失了希望的时候，你就不怕我会拉你一起下地狱吗？"

"确实，接下来班级点数有可能会急速下降，到那时希望就会泯灭。不过没关系，你要做什么都随便你。"

不听我的话，随她怎么做都可以。

"但是到那时你就会深刻意识到教师的身份也不过如此。"

这只不过是一个威胁，但会给知晓内情的茶柱老师带来一定的威慑效果吧。

我离开了，她没有再向我搭话。

和父亲的再会并没有带来什么感动，然而这一天收获颇丰。

我不用再协助升到 A 班。

接下来不论龙园要做什么，我都没有必要去插手。

不管轻井泽会被龙园怎样，都不会给我带来任何损失。

但若是轻井泽被笼络，或是背叛了我的话，我的存在就会暴露，但也不过如此。

就算龙园找到了我，只要我之后不再为 D 班做什么事情，他顶多把我列为危险人物然后不了了之吧。

6

日暮时的林荫道。

我抬头呼出一口气，白色烟雾越过头顶慢慢消逝。

"好冷。"

拿鼻子和嘴巴呼气，白烟出现又消失、消失又出现，循环往复乐此不疲。

每日温差颇大，我都要忘记现在已经是冬天了。

毕竟去年的这个时候我一直待在室内……

一个不认识的女生从我身边走过，穿得不多，看上去颇冷。

手里握着手机，正在和谁畅谈的样子。

"雅，你刚当上学生会会长的时候怎么不说交往的事情？哈哈哈，开玩笑开玩笑，我没有在生气，不过你可要做好准备，我下次会让你好好请一次客的。"

她在这么冷的天里露着大腿，我看着都冷。

垂至肩头的秀发飘来洗发水的余香。

"学生会？不好意思，用不着，我没兴趣。而且雅，你和上一任学生会会长的事情还没有完全解决掉对吧？等一下，你干吗突然表白？我可是知道你和不少女生都说过这种话。"

虽然我并没有要偷听的意思，但她说话那么大声，不想听也听到了。根据说话的内容，应该是二年级学生。

"算了……等你赢了堀北会长，我倒是可以考虑考虑要不要和你在一起，那我就先挂啦。"

女生挂掉电话，长吐的一口气化成白雾飘在空中，随后停下脚步，将手机放入口袋。

"得意忘形了啊，雅那个家伙。不过堀北学生会会长也太差劲了，本来还期待着他能够打败雅，结果到头来还是以雅的胜利告终。"

明明刚刚还在开开心心地讲电话，一挂掉电话，声音一下子变得低沉起来。

她没有注意到我，径直向前走去。

"哇!"

发生了一个小意外。

她在通往各个年级宿舍楼的分岔路口摔了个大跟头。

"好痛。"

她立刻爬起来，脸庞微微泛红，左顾右盼。

这下终于注意到了走在她身后的我。

她有点难为情地苦笑着，看样子并没有受伤。

然后她如同逃走一般，消失在了去二年级宿舍的路上。

"果然是二年级的。"

在这个学校里，除学生会和社团活动以外，基本上没有年级与年级的交流。因此没有认识其他年级学生的机会。

"女生很冷啊。"

有时候，班里会有女生说想要在短裙里面套运动裤。

要是能让她们穿就好了，可惜校规并不允许。

女生也不容易呢。

这是我第一次感受到"冬季"。

没想到会这么冷，周围景色也给人一种虚幻缥缈的感觉。

有一首歌唱的是小狗看到雪之后高兴地跑来跑去，这一点我深有体会。

要是下雪了估计我也会兴奋不已。

长呼一口气，回想今天的事情。

和父亲的再会、坂柳理事长、学校的方针，这些都无所谓。

对我来说看穿了茶柱老师的谎言则是一大收获。

这下我可以向前迈一大步。

"……让我结束这一切吧。"

虽说一直以来都极力在幕后工作，但是在这种考核结果随时会公开的体制基础上，只要D班活跃起来，就难逃成为众矢之的的命运。

外界监视也必然会愈加严厉，会有人调查所有行动到底是以谁为中心展开的。

即使我将堀北树立成了中心人物，但现在龙园已经注意到了那不过是假象。

坂柳也知晓了我的过去，连一之濑也开始起疑了。

要想回到原点就只有趁现在。

当然了，过早下判断可能会自取灭亡，但是现在有必要在看清进退的情况下开展行动。

现在主要的问题就是该如何应付龙园这个麻烦。

我从口袋里掏出手机，直接输入对方邮箱地址。

给某个人发了一条邮件。

内容是：方便打电话的时候和我联系。

信息立刻标记上了已读，并回复了我的信息。

看来那个人今天竟然没有和朋友一起出去玩，而是早早地回到了宿舍，这着实少见。

我马上输入十一位的电话号码，打了个电话过去。

"喂。"

这倦怠声音的主人是一年 D 班的轻井泽惠。

她本人还不知道自己已经被龙园盯上了。

她比堀北更清楚我在幕后为 D 班所做的事情。

话虽如此，我具体做到了哪一步、到底在做什么，她其实并不知晓。现在可以说的是，在她看来我是一个令人感到害怕的人。

"我想问问你现在正在做什么。"

"开什么玩笑，你是不会随便给我打电话的不是吗？"

本想轻松地开个头，但轻井泽没听懂我的意思。

"我是想让我们两个人的谈话更加轻松愉快，你不乐意？"

"要是你本人心里其实并不这么想也白搭对吧？"

"……你说得有道理。"

不愧是统领全班女生的人物，能看透对方的心。

"真锅她们没有再来找你吧？"

"嗯，现在暂时没有……你就为了确认这个特地给我打电话？"

她的反应与其说是吃惊，不如说是对我感到无语。

"自那以后已经过去很久了，她们还没有采取任何行动，看来我已经不需要再担心了。"

"如果真是如此就好了，谁也不知道会不会有突发状况吧。"

看样子轻井泽已经做好心理准备，只要没有毕业真正的安宁就不会到来。

冷风吹来，狠狠刺向我裸露在外面的脸。

"你还在外面啊。"

她通过电话听到了我这边的风声。

"现在正在回去的路上。你今天回去挺早啊，平常要比这晚吧。"

"我偶尔也有想早回家的时候。"

她话里带刺。

"啊。"

我发现了一个东西，不禁叫了出来。

"怎么了？"

轻井泽以为我在和她说话。

"没事。"

在回宿舍楼的分岔路口，刚刚那个二年级女生摔倒的地方掉落了一个红色的护身符。

应该是刚刚那个人掉的吧。虽说可能放着不管比较好，但是根据天气预报，晚上似乎会下雪，这样下去会被水浸湿的。

看她也没有发现丢了东西要回来找的样子，那就把这个交给宿舍管理员吧。

"那个，我有件事情一定要向你确认一下，可以吗？"

"想确认的事情？"

我一边捡起护身符向二年级宿舍楼走去，一边重启和轻井泽的谈话。

"为什么你明明脑子那么聪明却从来不展示出来或者说出来呢？在笨蛋云集的 D 班，你要是像洋介那样走到台前的话，会获得一定支持的吧。"

不难想象她为什么会这么问。

"我聪明？你为什么会这么认为？"

"什么为什么……"

"我考试成绩一般，在班里也没做过什么特别出众的发言，并不值得你如此称赞。"

"我说的又不是那些事情。"

我知道她说的是什么。

我在此之前的好几次幕后作业都寻求了轻井泽的协助。

成功阻止了偷拍，还有 Paper Shuffle 时栉田的事情。

把这些综合起来，她觉得我不简单也并不奇怪。

"你把这些早点告诉班上同学的话，你在班里的评价也会上升吧？不仅如此，还有可能受到全校的瞩目，就像体育祭时的那样。"

明明这些和轻井泽一点关系也没有，但她兴致勃勃地滔滔不绝。

"你知道我并不希望那样。"

"那你又为什么要做这么多事情？你不希望被关注的话，从一开始什么都不做不就好了。"

"你这个意见很不错。"

我也不是因为想做才做的。

"我原本并不打算做什么，但是，有不得不这么做的理由，所以才帮了 D 班一把而已。"

我本来是绝对不会和她说这些的，但今天有点特殊。

今天心情好。

"总觉得有点浪费你的能力。"

"不管是从前还是以后，我都不打算站出来。"

只有这一点，有必要和轻井泽说清楚。

要是今后 D 班出现什么问题，她再来拜托我做这做那的话就难办了。

"果然是你对吧？龙园正在寻找的人。"

不光是须藤和明人，现在龙园尾随的范围越来越广，谣言已经不只是停留在 D 班内部，正向其他班扩散。说是龙园败给了 D 班的某个人，现在正为了复仇而寻找这个人，这么说的学生越来越多。

轻井泽已经知道是我了。

"我今天打电话给你也和这件事有关，我想着是不是要向你道个歉。"

"道歉？"

"一直以来我都是因个人原因才帮助 D 班获取班级点数的，但是从今天开始已经没有必要了。"

"这是好事坏事？那你今后就乖乖地什么都不做了？"

"嗯，打算全部交给堀北和平田。要是被龙园发现我的真实身份，把你卷进麻烦的话就先跟你说声抱歉了。上次是我最后一次让你冒着被别人怀疑的风险来帮我。不管是在卡拉 OK 店里的时候，还是和栉田的接触，都给你添麻烦了。"

"这样啊，那一直配合你做事的我也终于解放了呢。"

"没错。"

迄今为止轻井泽为我做的事情超出了想象。

所以我才能毫不顾忌地开口斩断我们之间的关系。

"这是我最后一次联系你了。"

我清楚地说道。

"什么?"

但是轻井泽的反应颇为迟钝。

"抱歉，你刚刚说什么?"

风还没有大到会听不清话语的程度。

"这是我最后一次联系你了。"

我再一次说道。

这次应该清清楚楚地传到了她的耳朵里。

"我已经没有要拜托你的事情了，所以不再联系你也是理所当然。我和你有接触的事情谁也不知道，继续无意义联系的话反而会被怀疑。"

"是的呢。那个，对，确实如你所言……"

轻井泽说不上来话。

虽知道她心里有些混乱，我自顾自地接着说道:

"当然了，要是万一你遭遇突发事件，我会按照约定帮助你，这一点我保证。为慎重起见，你可以保留我之前告诉你的紧急联系邮箱，不过其他的东西都要不留痕迹地全部删除，我已经删掉了你的联系方式。"

"等……等一下，你为什么突然这么说?"

"我怎么说了?"

"不管怎么样，你说的话是不是太冷漠了……"

"什么冷漠，我和你的关系本就没有什么温度可言。"

如果我没有插手真锅她们的霸凌事件的话，我和她根本就不会产生任何联系。

阴郁的学生和受欢迎的女生之间有着天差地别。

"你也不想被我利用不是吗？"

"话是这么说……"

轻井泽还是吞吞吐吐的。

不仅如此，已经演变到了沉默的地步。

"我要说的话已经说完了，你还有什么要说的吗？"

再继续拖下去也不是什么好事。

我强行催促正处于混乱状态中的她。

"……我知道了。"

听她的语气，离完全接纳还差很远，但好歹是个回复。

她似乎终于明白事情已经无可奈何了，于是继续说道：

"意思这是最后一次和清隆这么打电话啊。"

"你不舍得吗？"

"怎么可能！"

"那就没有任何问题。"

我淡然且严肃地推进聊天进程。

不夹杂一丝情感。

也从来没有夹杂过。

"那我挂了……"

轻井泽也通过电话强烈地感受到了这一点吧。

她主动表示要结束通话。

"再见。"

"啊……"

轻井泽最后说了点什么,但并没有继续说下去。

等待了数秒以后,我挂掉了电话。

然后删除了通话记录,将手机重新放进了口袋。

她以我为后盾,一直以来颇为安心。

在这种情况下被我抛弃的话,她内心定会产生强烈的动摇。

通过电话传递过来的那种不安与孤独感,今后恐怕会日渐加剧。

要是在那种不安定的状态下被龙园盯上并采取了行动的话……

轻井泽内心无疑会崩溃掉。

"绕了这么一大圈,终于要修正轨道,回到刚入学时的状态了。"

和堀北、轻井泽、龙园,还有坂柳没有任何关系的状态。

我应该不会再积极参与接下来的考核了。

解决完剩下的问题以后,一切就都结束了。

不过要想解决这最后的问题，无论如何都还需要一个"协助者"。

我将推测属于那个二年级女生的护身符交给宿舍管理员以后，回到了自己的宿舍。

7

我将附着垃圾的湿巾从可替换式拖把头取下，扔进垃圾袋里。

洗完手的我坐到床上，微微响起了弹簧嘎吱作响的声音。

接近年末，我利用周末做了一次大扫除。

房间里本就没有什么多余的东西，所以只用了半天就完成了全部工程。

"房间里干干净净的真好。"

可以说是恢复了首次踏入这个房间时的干净整洁。

给热水壶插上电，我歇上了一会儿。

我稍微犹豫了一下要不要用刚洗得干干净净、闪闪发亮的水杯，但没办法还是得用它喝水。

我拿出手机，尝试登录学校的应用软件。

随意看了看显示出来的班级点数和个人点数。

决定在等水烧开的这段时间里，整理一下我的思绪。

从一开始。

我为什么会进入这所学校？

为了不回到以前的生活环境里。

我并不是对在 White Room 里的生活有什么不满。

虽说从人权观点来看的话问题多如牛毛，但在那里可以接受最好的教育也是事实。多亏了这一点，我才可以成为我，毫不费力地掌握所需要的能力。

但是，我对被父亲称为完美杰作的自己有着说不出来的不满。

倘若我确实是最完美的人类……这真的是件值得高兴的事情吗？

正是因为我一直以来都是以有需要学习的东西为前提而继续着自己生命的，所以学习才有意义。可是，当已经没有东西可学的时候呢？那未免就太无聊了吧。

算了，这些事情都无所谓。

我应该想想今后该怎么做。

我知道父亲早晚会来找我。这个夏天，茶柱老师向我透露退学的事情的时候我就做好了准备。不过，那个时候我只是半信半疑。

因为如果父亲真的要逼我退学，那就不是单靠茶柱老师的庇护就能解决的问题了，班主任根本不会是那个男人的对手。

但从她知道我父亲这一点可以看出她的话并不全是谎言。

因此我才故意装作要和她合作，为了升到 A 班采取了一些行动。

热水壶开始传来沸腾声。

不过事情到现在这一步，我已经明白了茶柱老师说的话不过是由谎言粉饰而成的。

没想到契机居然会是我父亲的出场。

她和我父亲并没有联系这一点不是我最重要的收获。

确信她威胁我的"如果我不服从她的命令就让我退学"这一点不过是个谎言才是我最重要的收获。

茶柱佐枝自身有过巨大的心理创伤，她想要升到A班。

这一点和堀北与启诚相同，不对，茶柱比他们更要执着于A班。

这样的人是不会有勇气让班级里出现退学者的吧。

不对，也可以看作她当初就已经做好了鱼死网破的准备。在通过无人岛考核填上了一部分点数差距之前，D班一直都处于一种非常艰难的情况，就算还抱有希望也已经是微乎其微了。

她应该多少抱有这种若是没能利用我的话就干脆豁出去了的心态。所以我才没有看穿她逼真的话语里隐藏的谎言。

在她原形毕露的现在，对我强硬的态度也就急速减弱。

不管是A班还是D班，像我这样只想以普通学生身份度过高中这三年的学生来说，进一步牵扯到班级之争里面只会徒增烦恼。

现在一之濑和坂柳这两个人都对我产生了兴趣，但若我成功淡出了班级竞争战的话，兴趣应该会立刻丧失。

那么要解决的就只有龙园翔一个人。

如果那个家伙找到我的话，可能会在我周边引起骚动，到处散布事情真相。

因此，最好是让他在不知道我真实身份的情况下解决这件事。

不过这也已经不可能了。

就算是我想要断绝和轻井泽惠的关系，我们之间也还连着看不见的线。

置之不理的话，龙园早晚有一天会顺着线找到我。

一个星期以后？一个月之后？还是一年？

这不确定的时间让我难办。

热水壶发出叫声通知我水已经烧开，电源也自动断开了。

"……我来喝杯红茶吧。"

以前来客很多，所以我的架子上堆满了茶包。

咖啡、红茶、绿茶和焙茶，各种各样都有，现在已经不怎么派得上用场了。

我将红茶茶包放进杯子里，这时一楼的呼叫铃响了起来。

"一楼?"

如果是班里同学的话，应该会直接按房间的门铃。

我无可奈何前去确认来人身份，发现了一张意外的面孔。

虽然可以假装自己不在家，但我还是选择了坦率应对。

因为我想找的人，主动来找我了。

"我想和你说一点事情，现在方便吗?"

"现在方便的……"

没想到这么稀奇的客人居然会来找我。

我在屏幕上看到的是前不久为止一直担任学生会会长的堀北哥哥。

我解开一楼大门的自动锁，让他进到宿舍楼内。在此期间，将沸腾的开水倒入刚准备好的装有红茶茶包的杯子中。

没过多久，玄关处的门铃就响了。

"能让我进去吗? 我不想站在这里和你说话。"

"我也是这么想的。"

要是被堀北看到她哥哥来找我，免不了会被她说来说去。

而且我也非常不想让其他学生看到我和前任学生会会长在一起说话。

进到我房间里的堀北哥哥立刻注意到了红茶的存在。

"我正要喝的时候你来了，就顺便给你泡了一杯。"

"虽说已经过了一年，但你的房间真是干净。"

"只不过是因为我房里没有什么东西而已。"

应该不用特意告诉他，我其实是今天刚收拾干净的。

不过遗憾的是，透过垃圾袋隐约可以看到里面的湿巾纸，他应该能猜出我昨天或是今天打扫卫生了的吧。

"你特意来一年级宿舍找我，是有什么事情吗？"

"下周过后第二学期就结束了，我在学校的生活也所剩无几了。"

他实际还能来学校的日子，除去周末的话只剩两个月多一点，转瞬即逝。

"在我离开这所学校之前，有事情要和你说，是关于南云雅的。"

南云雅。应该不需要再介绍了，二年A班，现任学生会会长。

虽然我只在体育祭和就任仪式致辞时见过他，但不难看出他不是一个简单的人物。

不过南云雅和我并没有什么关系。

"我不知道你要和我这个一年级学生说什么，我又不像一之濑那样隶属于学生会。"

堀北哥哥对我的话毫不在意，继续说道：

"我本不打算和任何人说这件事情，但是现在情况有变。"

情况有变啊。

"我一直以来都在坚守这所学校的传统。这是因为我赞同学校的组织结构与规则，并认为它是正确的。但是，南云想要彻底颠覆这些传统。恐怕明年学校退学者会达到前所未闻的数量。"

虽然现在还没有正式开展学生会活动，但这也只是时间问题。

"在南云一年级的时候，你就已经就任学生会会长了吧？那么，把南云纳入学生会的事情你也有责任不是吗？"

"也许是这样。"

堀北哥哥没有否认，接受了这一点。

"我进入学生会后犯了一个错，那就是没能成功培育出自己的后继者。唯一让我感受到有才能的就是南云了，但他的成长方向和我的培育方针产生了很大的差异，现在所有二年级学生可以说几乎都在他的掌控之下。"

"你这话就奇怪了，我能理解二年A班所有人都支持南云，但其他班的人应该和他是敌对关系吧。"

"他已经把全年级学生笼络到了自己手下。"

虽然不知道他到底采取了什么样的方法，但看来手段是相当不一般。

"今年的一年级学生里，有能力进入学生会的有两个人，葛城和一之濑。他们都是前途无量的优秀学生，但是我特意延缓了两人的入会，因为担心南云的支配会使两人受到不好的影响。但是南云在暗中得到了一些消息，和一之濑进行了接触，结果强行将一之濑纳入了学生会。"

"你把这些内部情况告诉我是出于什么目的？"

"如果你拒绝走上舞台的话，那就利用铃音，就像是一直以来考核中的那样，暗中指挥她即可，我会搭桥让她进入学生会。"

"你的话真是相当离谱。如果你还在学生会里的话，你妹妹可能会高兴地同意进去，但现在你已经不再是学生会会长了，她是不会对学生会有兴趣的，而且不管你妹妹进不进学生会，我可什么都不会做。"

我停顿了一下，喝了口茶。

"你和往届的学生会会长们守护至今的传统会发生变化，这不也是顺应时代潮流和命运吗？"

这些事情，我不说他应该也知道。

"没错，也许是这样。"

他的话里有很多地方我目前并没有搞懂，但是我也听出来了一些。

堀北学作为这所学校的学生，无论如何都想要阻止明年学生会将采取的行动。

然后他现在为了实现这个目的想要利用我。

所以才来到了我这个一年级学生的宿舍。

"今天打扰你了。"

他明明知道在没有任何武器的情况下，我是不可能被他笼络的。

不过可能越是这样，越能暴露出他目前别无他法的处境。

"你可以告诉我你的联系方式吗？"我将充电器拔掉，把手机拿在手里。

"什么？"

"让你妹妹进入学生会，我在幕后进行操作的事情，希望你能给我点时间让我考虑一下。"

"你真的可以考虑考虑吗？"

"你是做好了被拒绝的准备才来的，我不考虑一下的话对不住你吧。"

我意外地采取了积极的态度，这让堀北哥哥反而有些不相信。

但他没有再追问什么，将联系方式告诉了我。

这也恰好证明了他目前正在迫切关注南云雅手下的学生会吧。

"在我想好和你合作的时候会联系你。"

"我不作期待地等你的消息。"

直到离开，堀北哥哥都没有坐下喝口茶。

"他没有必要如此在意学生会的事情吧。"

还有几个月就要毕业的人的事情实在没必要去想，但还是让我有些在意。

8

有新闻说星期六深夜，在这片区域观测到了初雪。因为只下了一点，所以天亮的时候就化掉了，残雪化在湿润的水泥地上，留下小水坑。但不可思议的是，明明前一天刚刚下了雪，第二天的最高气温竟然直逼夏日，达到了二十四摄氏度，这天气穿短袖出去也没有问题。

星期日。我们绫小路小组的成员们上午去慰问了努力进行社团训练的明人，走的时候叫上他，在榉树购物中心一直玩到了日暮时分。我们买了东西，在咖啡店聊了一会儿天，吃了午饭，又在卡拉OK唱了会儿歌，这一天充分享受了普通学生会做的事情。

"对了……咳咳，啊，喉咙好痛。"

"连唱五首歌，是唱多了吧小幸村，没想到你唱得还挺好。"

"……喉咙疼是因为惩罚游戏好不好。"

启诚一边和喉咙的异样感做斗争，一边充满怨恨地瞪着波璃加。

卡拉OK的菜单琳琅满目，还有用来进行惩罚游戏的食物。

很简单，比如说在六个章鱼小丸子中只混入一个超级辣的。

规则就是吃到的人必须一点不剩地吞下去，然后立刻开始唱歌，而且不唱完不可以喝水。

虽然不知道这有什么意义，但它确实活跃了气氛，所以才成为了游戏。

不过，它作为游戏有些残酷，这才在前面加上了惩罚二字。

有意思的是启诚连续抽到了超辣章鱼小丸子，大家想看看他能倒霉到什么地步，结果连续五次都是他。

乍一听似乎并不怎么稀奇，但是算算就知道，概率只有七千七百七十六分之一。

"真倒霉。"

"倒不如说是幸运对不对？你把今年的厄运都用光了，接下来都是好事。"

"什么厄运不厄运的，今年还有两个星期就要结束了……波瑠加你故意的吧。"

抱着肚子大笑的波瑠加向有些不满的启诚道歉道：

"对不起对不起，真有那么辣？"

"我嘴里都要喷火了……超辣也不该有那么辣吧。"

可能是舌头上还残留辣味，他伸出舌头吸了口气。

"最后抽到超辣章鱼小丸子的我来证明，是真的很辣。"

阻止了启诚完成六连抽伟业的是明人。

"那么我们下次去卡拉 OK 的时候再玩这个吧。"波瑠加说道。

对于这个提案，包括爱里在内的三个人都露出了嫌弃的表情。

"可以是可以，不过你要是抽中了可也要吃完哦？"

"知道啦，既然是我提出来的又怎么会食言呢？"

波瑠加明显不害怕会抽到超辣小丸子。

应该不是觉得自己一定不会抽到。

"看样子你很能吃辣啊。"

看她自信满满的样子，我直击关键点。

"啊，暴露了？"

"你也没想藏吧……"

"超级无敌辣的拉面也能从容不迫地吃完呢，难道你是喜欢吃辣？"

对她一个人来说这根本就不是惩罚游戏吧……

"我能不能吃完呢……"

在游戏开始前就一直很不安的爱里。

"没事没事，太辣了的话吐出来就可以了，这里没有男生会硬要爱里吃完的。"

没错。明人和启诚也不会这么做。

"小幸村就不说了，爱里你唱歌很好听呢，你真是的第一次来卡拉OK？"

"嗯，嗯嗯，太不好意思了……"

"以后把声音再拔高点就完美了。"

爱里有些扭捏，同时鼓起干劲决心下次要加油。

"差不多了，我们回去吧。"

9

充实的卡拉OK活动结束后，我们踏上了回家的路。

现在还不到五点，但已经夕阳西下了。

"今天白天特别暖和，穿薄衣服的人很多呢。"

"那会儿穿短袖也不冷，所以大家才没穿那么多吧。"

今天天气温暖，大家都轻装上阵。

再过一个小时，气温就要完全降下来了。

"我怕冷啊。"

波瑠加抬头望向天空，忧郁地说道。

好像是在向老天祈祷，希望像今天这样的气温能够一直持续下去。

"我也是……"

"我的话，天气稍微冷一点，社团活动的时候就能少出汗，这倒是挺舒服的。"

明人可以称得上是我们中最喜欢冬天的人。

"好像明天开始就要降温了。"

"对啊，要准备很多过冬用的东西，又是一笔不小的开销。"

接近年末，可能会下一场大雪。

我们边走边聊，走得并不快。这时听到了从身后传来的声音。

"谢谢你今天能陪我玩，坂柳。"

"没有的事，我也很开心。"

一回头看到了一之濑和坂柳，真是对罕见的组合。

一之濑也注意到了我们，举手向我们打招呼。

坂柳并没有将视线对准我，而是一直看着我们这个小团体。她公开宣了战，可自体育祭以来却一直不见有任何行动。不过不管怎样，她的愿望接下来都不会实现。

"真是相当少见的阵营呢，绫小路同学。"

"……是吗？"

这句话怎么都应该是由我们来说。

A 班和 B 班，处于敌对关系的领导者居然会和和睦睦地一起过周末。

"我看你大部分时候都是和堀北同学在一起，所以今天这个阵营还挺新鲜的。"

环视了一下我们这边的成员，一之濑说道。

"对了，前段时间的考试，你们好像赢了 C 班呢，恭喜。"

Paper Shuffle 的结果已经公布了。

"我们 B 班可是输了呢。"

"只相差两分而已，我们的实力几乎是不相上下的。"坂柳补充道。

两个位在前列班级持续激烈竞争，而这次 B 班稍逊 A 班，使得 A 班得以维持领先地位，进一步扩大了分差。

"既然这次 D 班赢了，到了第三学期就有可能升到 C 班呢。"

"我们 B 班再不抓紧的话，说不定很快就要被超过了呢。"

"那是，我们就是打算追上并超过你们。"

启诚对半开玩笑的一之濑一本正经地说道。

"然后早晚会成为 A 班。"

听到启诚的话，坂柳也只是闭着眼淡淡地笑着。

启诚不满坂柳的态度，但遗憾的是他现在还身处 D 班。

他应该也知道现在再怎么展示出强硬态度也没什么用。

但可能是脸上挂不住，或者说是我们这个小团体并不是所有人都和一之濑关系亲密，再加上都不是那种爱赔笑闲聊天的人，对话一度中断。一之濑意识到她们两人有些多余，差不多该走了。

"哈哈，打扰你们了，再见。"

"再见。"

坂柳并没有和我说一句话，甚至没有看我一眼，就跟着一之濑走了。

她似乎不打算在这样的场合做出任何会让人察觉到什么的事情。

"那两个人是敌对关系吧？"

"先不说你用的这个词对不对，按道理来说她们两个人确实是敌人。"

觉得有些奇怪的启诚推了推眼镜，目送那两人离开。

"不应该说真不愧是一之濑吗？"

一之濑不论和谁都能搞好关系，这已经是周知的事实。

"该怎么说呢，一之濑同学和我们好像不是一个世界的人……"

爱里嘟囔道。

"虽然我们都是女生，但我还是觉得她有点怪怪的。"

"什么啊，波瑠加你讨厌一之濑吗？"

"并不，不讨厌也不喜欢。只不过，总觉得她太完美、太理想化了，没有一丝缺点的人反而喜欢不起来不是吗？怎么说呢，我倒希望她的内心是阴暗的……"

"确实，没有弱点的话反而让人觉得不舒服啊，不过希望她内心阴暗就有点过了吧。"

明人也同意似的配合波瑠加点了点头。

"就是啊，完美无缺的善人什么的，漫画都不敢这么画。"

波瑠加把手插进口袋，看着一之濑远去的背影。

"我……倒是希望有这样的人存在，如果连一之濑同学都像是波波说的那样是个表里不一的人的话，我们还能相信谁呢？"

爱里不希望那种情况发生，眼中露出了不安。

"也是，在这世上的某处一定存在这种有着难以置信的优秀且和善的人，只不过当这种人近在身边时总让人觉得不可思议。"

波瑠加附和道。

"我们就要升到 C 班了，接下来一之濑就成了我们的敌人，这意味着我们必须不顾一切地打败她，现在还是不要替她说好话。"

启诚说得没错。一之濑越是善人，就越会成为难以对付的敌人。

对付龙园那样显而易见的恶人，谁都可以不抱任何感情。

但若是一之濑这种情况，我们班又能否毫无顾虑地应战呢？

"……前途未卜啊。"

升到靠前的班级，就必然会被迫加入这样的战斗。

龙园他们还有可能从背后反击。

堀北和一之濑缔结的合作关系，今后会怎样发展下去尚且未知。

理想情况就是继续和一之濑合作，打败 A 班。

然后在我们和一之濑升为 A 班与 B 班的时候，双方撕毁协定。

当然了，事情远没有这么简单。

高度育成高级中学
第一学年 D班班主任 总评

截至 12 月 1 日　班级点数

262

暑假之前

班级没有凝聚力，同学之间无法相互合作。有学生对自己的能力过于自信，也有学生从一开始就放弃努力。D 班前途未卜。

无人岛考核

往年 D 班会由于全班的实力不足而将点数全部用光，但今年则有所不同。不过班级凝聚力并没有发生变化，这次的结果为运气使然。

船上考核

首次和其他班级共同行动，这成为认识到自己实力不足的契机。同时，通过与平时没什么接触的学生交流，使得学生获得了几个新发现。

体育祭

班级首次通力合作，向前迈进了一步。但提高基础能力依旧是当务之急，希望每个学生都能够更加努力。

Paper Shuffle

采用正面作战的方法取得了考核的胜利，制定细致对策，展现出了在面对突发事件时快速的反应能力。但是，还有许多学生未能意识到学校的规则，需要继续观察。

不按常理

临近寒假的某一天。

D班正处于一场大台风登陆前的宁静之中。

就在茶柱老师发出班会结束的信号以后。

教室的大门被打开，龙园等C班学生走了进来。

看到这些不速之客，教室里瞬间炸开了锅。

茶柱老师看了龙园他们一眼就迅速离开了教室。如果立刻发生了大混战的话情况就不一样了，但是其他班学生单纯来访是没有问题的。

一直以来都在远处观望着D班的龙园一伙，并没有获得自己想要的答案，现在终于要从正面进攻了。

还是说他们在背地里正在实施着我没有想到的战略计划呢？

不管如何，他们现在采取了强攻之策这一点毋庸置疑。

正在收拾东西的堀北也停下了手里的动作看向C班一伙人。

除了龙园以外，还有石崎、山田阿尔伯特、小宫以及近藤。

武斗派的这些家伙聚集在这里，班级气氛自然变得沉重起来。

"喂，你们干吗？这里可是D班。"

率先做出反应的是须藤，这可能多多少少还受他以前一点就着的性格影响。但也可能是为了不像以前那样被陷害，出于单纯防卫心理而做出的反应。

不管如何都要保护堀北，应该是首先出现在他的脑子里的想法吧。

须藤立刻站起来，向龙园靠近。

看到这一幕，担心发生暴力事件的平田慌忙插到了两人中间。

"来我们班是有什么事情吗，龙园同学？"

平田对现在的事态并不了解，听到他的疑问，龙园大大咧咧地开口说道：

"有什么不能来看望同级生的理由吗？不论是在哪所学校这应该都很常见吧，去其他班找自己朋友之类的，干吗这么害怕？"

龙园一开口就极具挑衅，面对他如此强硬的话语和高压的态度，平田冷静地回复道：

"一般来说确实是这样，但是在这所学校情况就有所不同了不是吗？至少迄今为止，你们应该都没有像这样来 D 班找过谁吧。"

这次事出意外，平田极力想要顺利解决。

"以前是有些疏远了，想着今后多少要积极些。"

龙园把手放在旁边女生的桌子上，露出洁白的牙齿。

"Paper Shuffle 的时候你们表现得不错嘛，'多亏了'

你们，我们 C 班才输了。虽然还没有公布结果，但是第三学期你们说不定会升到 C 班，真厉害呀。"

"哈哈哈，因为你是个大脸无能的丑猩猩吧，乖乖地给我降到 D 班去。"

须藤从旁插嘴，平田慌忙补充道：

"是因为我们好好努力了。"

"努力啊，和'努力'这两个字无缘的须藤都能留到现在，谁又知道到底是不是因为努力了呢，我一直以为他早就会退学。"

"你终于记住我的名字了。"

两人视线交错，你一言我一语谁都不示弱。

本想要回去的几个同学也都被这突然的事态吓到，僵硬地站着不知如何是好。

"请告诉我们你到这里来的真正目的。"

平田想要尽快收拾好局面，并不希望龙园继续说些无关紧要的事情。不过，龙园似乎看穿了平田这一心理，开始往下说，可能更为准确：

"我现在对你们 D 班发出郑重警告。"

"警告？什么意思。"

"我不打算解释给不懂的人听，难道有人故意装作不懂？"

龙园的话语听上去像是对平田的挑衅，但其实并非如此。

　　他基本没有看平田，而是一直将视线扫向全班。

　　他的目标不是平田的话，那就应该是我、启诚或者是明人吧。

　　但实际上他也只是轻轻扫了我们一眼。

　　视线最终落在了一个意外的人身上。

　　那个人没有想到自己正被人注视着，不对，他是完全没有在意这一点，收拾完自己的东西以后就起身离开了教室。

　　龙园出现后班里没有一个人轻举妄动，但他还是老样子。

　　龙园轻笑了一下，向身后的同伴递了个眼神，迅速地离开了教室。

　　看来他的目标是那个学生。

　　龙园他们离开后，门被关上。从沉重气氛中解放出来的同学们立刻吵嚷起来。

　　"喂喂，不知道龙园那个家伙会干什么！我们要不要跟上去看看？"

　　"话说他们打算对高圆寺做什么呢？"

　　没错，龙园要找的就是 D 班的异端分子，高圆寺六助。

　　以池和山内为中心，开始胡乱猜想。

　　不过话说起来，栉田最近真是老实。

　　虽然知道原因在于她输给了堀北，但她变得不怎么走到台前了。

当然了，并不是单纯指她变安静了，她现在也正和其他女生聊着龙园一伙人的事情，不过完全没有要插手这件事的意思。

堀北果然是堀北，没有和我说任何关于栉田的事情。

"情况果然变麻烦了，对吧？"

当我还沉浸在和龙园完全无关的事情之时，堀北对我说道。

这个情况让尽可能不和 C 班产生任何关联的堀北都无法置之不理。

"也许吧。"

看样子龙园找高圆寺有事，不过这还是让人心生疑惑。

高圆寺看上去确实是个疑点重重的人。

但是，高圆寺在暗地里为 D 班做什么事情的可能性，即使从旁人来看也很低。龙园不仅设置了大量的眼线，现在又来露骨地直接接触高圆寺，这其中应该另有原因。

"清隆，要不要去看看情况？"

这么说的是明人。

"不管怎么样他们的人数颇多，可能会对高圆寺做出点什么。"

"也是……虽然监控很多，但保不齐哪里没有。"

万一高圆寺被打了，有可能会让本可以防范这一事情发生的D班来承担大部分责任。光是受到学校的惩罚倒不是问题，到时候会想着要是自己当初去帮帮他就好了，而后悔不已吧。

我和明人来到走廊，启诚也跟了过来。

"我也去，人手少了的话会有危险。"

没过一会儿，堀北也走了出来，须藤追在她身后。

平田也一脸担心地出了教室。

看来今天要乱套了。

我拜托启诚和明人稍等一下，走近平田对他说道：

"平田，你还是留在教室里比较好。你也一起去的话，说不定会有其他学生跟过来。要是像池和山内那种爱凑热闹的人也跟过来的话，事情容易变得更加复杂。"

"……确实是这样，但是，高圆寺真的没关系吗？"

"堀北也去，启诚和明人也在，要是事情演变成最坏的状态，要发生暴力事件的话，我会联系你。"

"启诚？嗯，我知道，希望他们不要乱来。"

听到启诚的名字后，他心中产生了些许疑惑，但平田并没有深入询问。

他立刻回到了尚未恢复平静的D班教室。

"清隆你的判断很正确，人再增加的话只会徒增麻烦，而且平田更适合安抚班里的人心。"

　　启诚也不赞同许多人跟着一起去，对我的判断表示理解，点了点头。

　　接下来的问题就是搞清楚高圆寺他们现在去了哪里。

　　龙园他们是不会在校内做出格的事情的，如果真的要下手的话就会去校外，不过我怎么也想不出高圆寺会去哪儿。

　　"高圆寺平常放学以后会干什么？"

　　"会干什么呢？"

　　"我也不知道。"

　　明人和启诚歪头思考，丝毫没有头绪。

　　"没有人知道高圆寺的行动模式不是吗？"

　　班里几乎没有人和他说过多的话。

　　"他大部分时候都是直接回宿舍。"

　　"你怎么知道？"

　　"经常会看到他回去。总之如果他们出了教学楼的话就麻烦了，还是先去玄关吧。"

　　说完，堀北超过我们，向玄关走去。

　　如果他们的鞋子还留在那里的话就可以确认他们还在教学楼内，还能在事情恶化前赢取一些时间，她是这个意思吧。

　　我们也不甘落后，跟上她的步伐。

　　"如同战争一样的事情可能真的要开始了。"

　　须藤握紧拳头，气势汹汹地对堀北说道。

"别开玩笑了，D班和C班的集体暴力事件可不是什么好笑的事情，而且你为什么要跟过来？"

"当然是因为担心你咯，听说龙园还打女生。"

"我还没有柔弱到需要你保护。"

"别这么说。"

自己由自己来保护，堀北强硬的态度还是没有发生改变。

她如果学习过武道的话，应该足以打败男生。须藤的大男子气概也不过是形同虚设。

不过须藤就是须藤，可能完全没有想过堀北的厉害，既然如此那就这样吧。

"而且我再多说一句，你担心一下自己的社团活动如何？"

"没关系，离训练开始还有一点时间，我们快找高圆寺吧。"

不管堀北如何把须藤赶走，他都不离开堀北半步。

"真是的……带着这么一个麻烦真是行动不便。"

堀北小声地咒骂道。

若是堀北一个人前去而受了伤，须藤无疑会发飙。

那样的话可能会演变成上次的事情都无法比拟的大骚动。

要是同一人物再次惹出什么事情来的话，学校和学生会都不会轻易放过他的。

这么看来，让须藤跟着一起去才是最好的。

1

我们出了教学楼，朝回宿舍的林荫道走去。

才刚刚下课，所以那里基本上还没有学生的身影。

不过，我们在那里看到了我们要找的男生以及 C 班的学生。

C 班的伊吹刚刚没有出现在教室里，不过现在和他们会合了。

再往前，可以看到一个人向宿舍走去的高圆寺的背影。

看样子 C 班真的打算对高圆寺下手了。

龙园拉近与高圆寺的距离，指示石崎去高圆寺前面堵住他。

"正如铃音所料，他们果然在这里，我们快去制止他们吧。"

见到此情此景，须藤向堀北请求指示。

"我们再稍微看看情况，毕竟还不知道龙园的目的。"

正如龙园自己所说的那样，找其他班的学生是很平常的事情，并不违反校规。

在这个时候慌慌张张地冲上前去是得不到什么效果的。

我们一边接近龙园他们，一边观察情况。

"喂，等一下，高圆寺，找你有点事情。"

"你们有事情找我？我可不记得自己和你们有什么联系。"

高圆寺被石崎堵住了去路，虽然看不见脸，但他的口气还是和往常一模一样。

"有没有关系可不是由你来判断的。"

"噗，确实也不该由你来判断呢。"

高圆寺快速地看了龙园一伙人。

从他的眼中完全看不出焦虑与不安。

"你还记得我吗？"

龙园双手插在口袋里，和高圆寺四目相对。

"当然记得啦，C班的小淘气包？"

"之前让你跑掉了，今天我们就好好聊聊吧，怪人。"

"抱歉啊，那天事比较多。"

一边道歉，一边将头发向上捋，高圆寺没有一点像是在道歉的样子。

"不过有件事我一定要确认一下，你说的怪人是指我？"

"除了你还能有谁。"

"你这话听起来不怎么好理解呢，不过我姑且听一听，谁叫我心胸宽阔呢。但是我接下来还有约会，能快点说完吗？"

"不好意思，把其他事往后推推吧。"

"你这是不打算让我回去了？"

"那又怎样。"

高圆寺架起胳膊，略微思考了一下，又迅速把手放了下去。

"去那边听你说吧。"

可能是觉得堵住回宿舍的路不太好，或者是判断自己这次是逃不掉了，高圆寺指了指前面的休息区。

"我哪里都可以。"

"那跟我来。"

说完，高圆寺便带着他们去了和道路有些距离的休息区。

时不时地有人来来往往暂且不论，离这么远我们也难以静观事态变化。

"我们也跟上去比较好吧？"

须藤听到堀北这句话，正要小跑着追上去，但被堀北拦住。

"不要乱说话、乱行动，你明白吧？"

"明……明白。"

被再三叮嘱的须藤和堀北打了头阵，朝龙园他们走去。

我们跟在她的后面。

一走近，堀北立刻对龙园说道：

"龙园同学，你们在这里是打算做什么呢？轻举妄动的话可是会很快演变成大问题的。"

"哈哈哈，你们也上钩了，这么大摇大摆地就来了啊。"

就好像是从一开始就知道会有人跟着来一样，龙园回过头来。

他是来找高圆寺的，这是事实之一，但恐怕这也是为了缩小目标范围而设下的一个圈套。

如果不是这样的话，他就没必要特意带着 C 班武斗派来 D 班闹事。

就像用烟熏来使文字显形一样逐步确定目标。

"绫小路、三宅还有幸村啊，嗯，差不多也就这些人。"

"大爷我也在哦，龙园。"

龙园无视正在摩拳擦掌的须藤。

"平田怎么没来。"

"谁知道呢，对这个没兴趣吧。"

"怎么能少得了他呢，那个家伙正义感那么强，他来了也不算奇怪。"

"不是所有的事情都会按照你预想的样子进行下去的。"

"算了，他今天不来也没什么。"

龙园用下巴指示石崎他们把高圆寺围起来。

看到这个情景，明人毫不掩饰自己心中的厌恶，嘟囔道：

"你还真当自己是个人物，对自己班的同学还这么颐指气使的。"

"抱歉三宅，我的教养一直都是这样。"

龙园两手揣进口袋里，向高圆寺靠近。

"请等一下。"

"等？等什么？如你所见我们可是什么都没有做。"

现在没有人碰高圆寺一根手指头。

"你们嬉戏打闹你们的，完全没有关系，但那是不是意味着就不需要我了？"

高圆寺向被人叫住、正在和别人说话的龙园指出了这一点。

龙园没有听堀北的忠告，开始和高圆寺面对面交锋。

"对哦，今天的主角是你高圆寺，你可是欠了我一样东西。"

"欠？真不凑巧我自己怎么不记得有这么一回事。"

"干支考核的时候因为你，我们损失了一定点数。"

他居然知道这个，不知道是从哪里打探出来的。

"啊，那个撒谎游戏啊，打扰到你了的话不好意思。"

高圆寺嘴上说着抱歉，但心里一点歉意都没有。

堂而皇之地从怀里取出一面小镜子。

这对 C 班的人来说是难以理解的行为。

"今天风有点大，我确认一下我自己 nice① 而且 cool

---

① 话中夹杂着英文是此人的说话方式。

的发型有没有乱。"

左右转动脸来确认自己的状态。

"嗯……有点乱，给我的美减分了。不好意思能不能稍稍帮我拿一下镜子。"

说完，高圆寺把镜子递给站在眼前的龙园。

龙园露出笑容接过了镜子。

"把镜子向着我这边。"

高圆寺从书包里拿出小尺寸的发蜡，用指尖取了一些，开始给头发定型。

被这异常景象吓呆了的C班根本不敢插手。

但是在下一个瞬间，剧烈的响声响彻四面八方。

龙园把从高圆寺那里接过来的镜子重重地摔在了地上。

脸上依旧带着平常的笑容，他抓住了高圆寺的手腕。

"你这个怪人，还要装到什么时候？"

高圆寺双手保持整理头发的姿势，轻轻地叹了一口气。

"真是调皮，那个镜子可是很贵的哦。"

"抱歉，手滑了。"

"呼呼，那就没办法了。把我的手放开，不然我都没办法好好给头发定型了，虽然我就算发型乱了也还是帅哥一枚。"

在这紧张的气氛中，龙园慢慢地放开了抓着高圆寺的手。

现在这个场合行为太过高调的话，风险过高。

但龙园将对手逼到极限的行事方式并没有发生改变。

"差不多了吧，龙园同学。"

"闭嘴铃音，我现在和高圆寺玩着呢。"

"是你自己一个劲凑上来的吧？他可不想。"

堀北小心谨慎地将镜子的碎片回收起来，怒视着龙园。

"我来，小心手受伤。"

"我没关系，有社团活动的你受伤了才是问题。"

堀北拒绝了须藤的提议。

"你别说傻话了，我怎么能让女生受伤呢。"

须藤强行将堀北推到一边，开始捡地上的玻璃碎片。

"就算你受伤了我也不会给你包扎的。"

堀北一副放手不管了的样子，须藤并不在意，继续手里的动作。

"我还以为发生什么事了呢，看上去真是相当有趣的集会啊。"

这场骚动不再仅限于 C 班和 D 班之间了。

不知从哪儿听说的，A 班的坂柳和一伙人出现了。

其中有神室真澄的身影，还有另外两个眼熟的男生。

"坂柳啊……你这个出场时间就好像是计算好的呢。"

少女站定并"咚"地轻轻敲了一下水泥地面。

真是成了个大集会。

我们 D 班包括高圆寺在内有六人，C 班五人，A 班四人。

总计十五个人。

"我来这儿纯属偶然。"

"真好笑。"

龙园也能一眼看出这怎么都不会是偶然事件。

"C 班的主要成员和 D 班的学生，你们接下来是要讨论关于圣诞派对的事情吗？"

"别插手，这事和你没关系。"

"别这么说嘛，聚会的话人多才有意思不是？能让我也加入吗？"

龙园完全没有理睬坂柳那如同挑衅一般的请求。

"想要留在这里的话就别打扰我。"

"当然了，我是不会打扰派对主办者的。"

坂柳稍稍隔了一点距离，坐在了休息区的长椅上。

前面镇守着 A 班的三名学生，就像是在保护坂柳一样。

哎，看这气氛的话发生暴力事件也不足为奇……

休息区附近没有监控摄像头。

不过，休息区边上就是踏上回宿舍之路的学生。

说不定何时就会有人到这里来。

因此不太可能会发生打架斗殴事件。

到现在还露出无所畏惧笑容的集会中心人物，高圆寺六助开口了。

"观众增加了倒是无所谓，但是能不能把话继续往下说了？不说的话就让我回去。"

"高圆寺你别动，没听龙园大哥说你这次逃不掉了吗？"

"抱歉，产生了各种意外给耽搁了，差不多进入正题吧。"

高圆寺微微地笑了一下。

"从现在的情况来看……恐怕你正热衷于打倒那些挡了C班路的人，或者是其他班的领导者。没错吧？"

"没错，碍眼的都是敌人，必须摧毁。"

"然后，现在D班出现了妨碍到你的人，你在找那个人。"

不用龙园说，高圆寺就已经懂了。

对这个平时只关心自己感兴趣的东西的男人来说实属罕见。

"就是这样。"

"那么我不是你要找的人。因为我对无论是D班的将来还是其他班的将来都没有兴趣。在迄今为止的考核里我并不打算帮助D班，今后也没有这个打算。把我这样的人当成对手是不是没什么意义？"

"那就奇怪了，你要怎么解释干支考核的事情？我可是有证据的。"

"噢噢，看来你知道得真多呀。"

干支考核，被分配到猿组的高圆寺完美地看穿了优待者。

虽然从结果来看能知道是 D 班获胜了，但要想确定是谁的功劳并不容易。

他也是费力调查了。

或者是从高圆寺隶属猿组这一点推断出来的。

还有可能是因为刚刚高圆寺并没有否认，使其得以确信自己的猜测。

"那次只是消磨了一下时间，那么麻烦的集会我可不想参加好几次。不过是觉得早点让它结束能让我早点自由。"

高圆寺拿出手机，打开照相机，屏幕上映出了他的脸。

看来把它当成了临时的镜子。

"所以，无法排除你还参与了其他考核的可能性，也就是说谁也无法保证你没有在统领 D 班。"

"确实如此，不过，要是你这么下结论的话，那就说明你是个也就这点能耐的笨蛋。"

高圆寺出言不逊，石崎正想反驳，但被龙园笑着阻止了。

但是高圆寺的回答确实完美，令人钦佩。

把无关的人当成幕后人物的话，确实只能说这个下判断的人是个笨蛋。

"哈哈哈，确实，如果你说的是实话，那就意味着你是无辜的。"

"yes，这么通情达理，你也不赖哟 dragon boy。"

好像被 dragon boy 戳中了笑点，坂柳笑了。

但龙园无视了这点，换了一个话题。

"如果我在这里突然命令我的手下制裁你，你会如何？报干支考核的仇，也不求任何好处，单纯用暴力来控制你，怎么样？"

感受到这危险的气氛，堀北正要开口，可在此之前高圆寺先笑了。

"真是个没有意义的问题，你是不会这么做的。在观众这么多的情况下使用暴力，对你没有什么好处吧？"

"不凑巧，我在这么不方便的地方也能打起架来，好处什么的我不在乎。"

"原来如此，那我就告诉你吧，假如你这么选择了的话，我为了守护自己和自己的尊严，可能会把来人全部打倒出局哦。"

"你自己一个人能行吗？"

"你可以试试。"

听到这么有趣的对话，远处围观的坂柳露出微笑。

"看来都不用再费脑子了，你不像是 X，不过是个和我不同类型的疯子。"

"误会解开了比什么都好。"

"不过，让我问你一个问题，现在 D 班的班级点数在稳步上升，其背后一定有一个承担了主要任务的厉害家伙，不是你的话是谁？在那群一脸傻相的人里面吗？"

高圆寺这个时候首次也是唯一一次看了 D 班的我们一眼。

但他随后用鼻子发出轻笑，耸了耸肩膀，立刻丧失了兴趣。

"我倒是也可以回答你这个问题……"

"可以打扰一下吗？"

就像是要打断高圆寺的话一样，坐在长椅上的坂柳开口了。

"你们似乎在说什么有意思的事情呢，D 班里有人挡了 C 班路什么的，之前听说 dragon boy 正在寻找这个人，这是真的吗？"

"我说过要你闭嘴的吧坂柳，还有你要是再这么叫我第二次，留心你的小命。"

"哈哈，你不喜欢这个名字吗？我还觉得挺好听的，不好意思，是我没理解对，一不小心叫出了口。"

坂柳淡淡地笑了笑，毫不在意地继续说道：

"你的计划被 D 班的不知道哪个人物看穿，结果失败了，不就是这么一回事儿嘛。在这所学校里，班与班之间的斗争是家常便饭，挡其他班的路也不是那么不可思议的事情对吧？事实上，我和你也都是这么打了几次过来的。可能有人不知道，隐藏真实身份制定战略同样也是不错的作战方法，你有必要特意逼问与此无关的学生吗？说实话看着真不体面。"

"我承认我的计划被 X 打乱了，但问题不在此，我是要把在暗地里偷偷摸摸搞小动作的家伙引到明面上来，就是这么一个游戏。"

"原来如此，做这种恐吓威胁别人的行为也在你的计划内？"

"没错，必要的时候不排除使用暴力，我乐于使用自己的方法。"

"这只会暴露出你的丑陋和无能哦？我从真澄还有桥本那里听说了无人岛时你的作战方法，还有是怎么失败的。好好分析一下就能清楚他和此事是没有关系的吧？而且在无人岛的时候做了大贡献的可是那位堀北铃音，你要找的那个不明身份的人真的存在吗？"

坂柳用尖锐的眼神和语言攻击龙园。

"是不是计划被打乱的借口？"

就像要和坂柳统一步调一般，A 班的一个学生低吟道。

"你这就说得过分了，鬼头，龙园也不是那么笨的人。"

另一个似乎是叫桥本的学生这么说着以"支援"龙园。

但是，龙园对于坂柳的挑衅丝毫不见胆怯与动摇。

因为，"那种事情"龙园从一开始就考虑得清清楚楚。

"你才是笨蛋，坂柳，被我利用葛城缔结了契约。"

龙园特意没有反驳那一部分，反倒挑起了别的话题，想要这次主动出招的意图若隐若现。

"契约吗？确实有'A班向C班支付个人点数以换取无人岛时C班的援助'这么个东西，具体内容是'毕业前每月每个人支付两万点数'。"

坂柳毫不胆怯，沉着应战。

"什么？你们在背地里干了什么啊！那样真的可以吗？"

须藤大嚷，表达自己的不满。

"规则上没有问题，毕竟是在班级双方都接受了的基础上缔结的条约。我们得到C班应得的班级点数，而C班由此得到的回报……也就是A班将个人点数支付给C班，仅此而已。"

虽然知道无人岛考核时A班和C班有合作，但在这之前并不清楚具体情况。现在看来这确实是能够成立的交易，将所有点数转让给 A 班，使其将能够在无人岛使用的二百七十点（因坂柳的缺席而扣掉三十点）保存下来，作为报酬向 A 班索取了每人每月两万的个人点数。乍一眼看上去好像是利于 C 班，但考试结束后班级点数起到的作用才是最大的，因为班级名次就是由班级点数来决定，可以说个人点数不过是附带的东西。虽说从结果来看葛城猜错领导者，失去了点数，但是如果当时没有猜错的话，A 班有可能会得到更大的好处。班级点数的领先就是这么重要，如果普普通通地度过无人岛生活的话，班级点数会所剩无几，现在领先 B 班的点数也会更小。

可是，为什么要在这个时候说这个呢？

这恐怕可以看成是坂柳对龙园类似捉弄一样的东西。

龙园把坂柳当傻子，坂柳也对龙园做了反击。

"把具体情况抖出来了，困扰的可不是我而是你们。每个月都要无休止地被拿走两万点数，现在可被其他班知道了哦？"

"只要你想说的话，立刻就会被传开，我们再不想被别人知道也阻止不了你，而且说起来，表示要缔结契约的是葛城。"

坂柳明确表示这与自己无关，而且无人岛的时候自己不在，想防也防不住。

　　不对，她其实是可以在事前提醒 A 班不要做多余的事情的，但是考虑到和葛城的对立关系，故意没说也有可能。

　　而且事实上现在看样子葛城派销声匿迹，由坂柳支配 A 班。

　　"混蛋，现在 C 班每个月的零花钱就有保障了。"

　　"不要被迷惑了须藤，C 班把本来有可能得到的班级点数完全放弃了，这对他们不一定是好事。"

　　"真的吗，铃音？这和我们在无人岛上得到的两百点班级点数是一样的吧？而且他们的这个点数收入只要 A 班不出事就能不停地拿到手。"

　　"不对，似是而非，他们拿到的是个人点数，和班级点数完全没有关系。"

　　确实，如果目标是升到 A 班的话，龙园就没有占到一点便宜，这一点堀北的主张是正确的。

　　但是每个月八十万的点数，也就是钱，会从 A 班流向 C 班，这算得上一个大事件了。

　　接下来，就算是 C 班的班级点数持续下降到零点，最低限度的点数收入也得到了保障。虽说被坂柳派一路紧逼，但葛城却轻易上当了。

　　"话说完了吗？你们真是喜欢互相逗着玩，但是能不能不要再耽误我的时间了呢？听你们没有意义的高谈阔论，我真的很不爽。"

"等等，高圆寺，还没有听你的回答呢。"

龙园稍稍抬头望向天空，像是想起了什么一样。

"D班里脑子聪明的人啊，说实话我还真没想过……不管怎么样我还是不说比较好吧？你就算冒着风险也要把这个人找出来对吧？剥夺别人的快乐这种事情，可以的话我还是不想做。我在这个学校里讴歌着自己的青春，也仅此而已，如果这个学校能让我兴奋起来的话那就另说了，不过现在看来也没有什么好期待的。既然如此，那我就和美丽的女生们陷入各种各样的爱情，继续追求自己的美丽，就这些。"

"也就是说你不参加班级之间的竞争？"

"以前没有参加过，以后也不会参加，这我一开始就说了吧。无论是C班还是A班，对我来说都是一样的，在场的你们都很无聊。"

"什么？龙园大哥，这个家伙从刚刚开始就一直在鄙视我们！给他点颜色瞧瞧！"

觉得被小瞧了的石崎对着高圆寺挥舞着拳头。

但还有比龙园先被高圆寺的话语感化的人在。

一直和和气气、只是偶尔插嘴打岔的坂柳，有点在意高圆寺的话。

"有点不能置之不理呢，dragon boy暂且不说……"

坂柳话刚说到一半，龙园迅速缩短和她的距离。

然后毫不犹豫迅速踢向她。

"咚!"

慌忙冲到坂柳和龙园之间的桥本用左手挡住龙园的攻击。

但是桥本被那猛烈的一击踢飞,摔在水泥地上。

如果桥本没有及时挡到中间的话,龙园很有可能已经将坂柳踢飞了。

面对龙园,刚刚被桥本称作鬼头的 A 班男生,抓住自己的白色手套进入战斗模式。

"冒犯到你了?"

"我应该说过,你要是再这么叫我一次,我就杀了你。"

"适可而止吧,你刚刚的行为可是个大问题。"

目击了这一切的堀北发出了警告,但真正画上句号的是坂柳。

"刚刚你和龙园之间发生了什么吗,桥本?"

"没有,是我自己不小心摔倒了。"

拂去衣服上的灰尘,桥本慢慢地站了起来。

"好像是这样的呢,堀北同学。"

"……龙园,还有你们都有点不对劲。"

面对龙园的暴力行为,坂柳所率领的 A 班不仅没有表现出任何不满,而且还给人一种就算打一架也没关系的感觉。

"对不起,龙园同学,我玩笑好像开过头了。"

坂柳道歉后，将视线移向了高圆寺。

"话说回来，包括我在内'都很无聊'，这是什么意思？"

对于坂柳来说，比起眼前的龙园，高圆寺的言论更让她在意。

"真是的，这是群什么人啊……"

堀北会感到无语也能理解。

聚在这里的都是性格上有点怪异的人。

"你就那么在意我的一两句话吗？little girl。"

高圆寺张开手掌，指尖指向坐在长椅上的坂柳。

"哈哈哈，little girl 啊，你起名字的品位真是好呢。"

就像是要报 dragon boy 的仇一样，龙园嗤笑道。

"你是叫高圆寺，对吧？你的英语用错了吧？我不是小女孩。"

"哈哈哈，做决定的不是你，而是我。没有用错，你的年龄和体型都和 girl 的标准相匹配，所以我才这么叫的。"

"所以才说你用错了，little girl 这个词从用法上来说，只能用来称呼小学生。这个世界可不是你说什么就是什么。"

"不拘泥于常理是我的做派。"

高圆寺猛地撩起头发。

"……给我适可而止，高圆寺。"

鬼头向前走了一步，又作势要将白色手套摘下来。

本以为他是为了御寒才戴着手套，现在看来并非如此。

"那个家伙怎么了，把手套摘了是会有鬼什么的出来吗？"

"你这话是什么意思？"

突然听到从须藤嘴里蹦出来"鬼"这个词，我无意识地反问他。

"你竟然不知道？以前流行的漫画里有过这样的情节，把白色手套摘了以后会出现鬼怪和恶魔作战。"

真是闻所未闻的故事，不过说起来我也没看过漫画。

"我找 A 班没事，你还是乖乖闭嘴吧！"

"可以让我纠正一下他的言行吗？"鬼头向坂柳请示道。

"哈哈，围绕我的纷争倒不是什么坏事，不过遗憾的是，不论男女，我只对年龄比我大的有兴趣。"

像坂柳、龙园这样堂堂班级的领导者被高圆寺一个人耍得团团转。

不拘泥于常理，这在某种意义上来说是最强的。

与暴力和谎言比肩的新武器可能就是"不按常理出牌"。

"今天要处理的问题已经解决完了，你可以走了。"

和高圆寺对峙相当费体力吧，连龙园都不再继续下去了。

明白自己已经得不到更多消息的龙园催促高圆寺离开。

"那我走了，see you。"

可能之前的台风说的不是龙园，而是高圆寺。

骚乱突然迎来了终结，恢复了静寂。

"看样子节目已经结束了，我们回去吧。"

"期待一下第三学期吧，坂柳。"

"你确定自己能打倒 D 班的话，我什么时候都可以应战。"

坂柳留下这句话，A 班的学生也离开了。

"我们也走吧，堀北。"

"也是……这么待下去也不知道什么时候是个头。"

须藤几乎将所有的碎片都捡了起来，可以说是暂且恢复了镜子原样。

"但龙园似乎并没有之前所想的那么对高圆寺有兴趣啊……"

堀北也对龙园的行为有些不理解。

这一疑问也在 C 班内扩散开来。

"……就让他这么走了吗？"

"如果他是我要找的人的话，我是不会让他走的。"

"我倒是觉得挺可疑的，不知道他脑子里在想什么，而且说的话也不一定是真的吧。"

"他的思考方法和我并不一致，而 X 和我是相似的，因此高圆寺不是在背后操作的人。说起来，你觉得他看起来像是会和堀北联手开展行动的人吗？"

"那确实是挺难想象的，既然这样，为什么要一开始以他为目标？"

"喂，你们是怎么看待高圆寺的？"

龙园将视线从高圆寺的背影移开，看向我们，脸上露出诡异的笑容。

"你们从刚刚开始就在叽叽咕咕地说什么啊，真是莫名其妙。"

无法理解龙园行为的须藤，怒视着龙园，伸出拳头作挑衅状。

"笨蛋就不要出来丢人现眼了。"

"你说谁笨蛋呢？"

堀北用眼神和手制止须藤。

"龙园，你的行动偏离常规，难以理解，这是事实。"

"这说明我的行动是正确的。"

即使被指责，龙园也毫不在意。

不仅如此，他好像越来越乐在其中。

"关于藏在你身后的人，我今天可是缩小了相当大的范围，铃音。"

"你说什么我都不想听，跟你掺和在一起就是浪费时间，而且你今后能不能离我们班学生远一点？"

"接不接近你们班学生是我的自由，我并没有违反任何规则。"

随时可能打破规则的人会以规则为挡箭牌。

"不过这场游戏马上就要结束了，你就好好期待一下最后一章吧。"

龙园说完，轻轻看了坂柳她们一眼，离开了。

"他们终于走了，我们也回去吧，先把发生的事情告诉平田。"

"可是，龙园那个家伙是什么意思啊？他到底想做什么？"

"哎，知道他想做什么的人应该不存在。"

看来龙园已经做好了所有准备。

我真切感受到了这一点，目送龙园他们的离去。

高度育成高级中学
第一学年 C班班主任 总评

截至 12 月 1 日 班级点数
542

暑假之前

由龙园翔担任班级领导者，制定且巩固了班级行动方针。希望他能带领班级取得一定的成果。

无人岛考核

龙园翔作为领导者，独自制定并实施了的作战计划，凭借新颖的想法不给同学们增加负担，闯过了严酷的考核。这一点值得赞扬。

船上考核

一转无人岛考核时没能获得班级点数的不利局势，获得了最好的成绩，值得褒奖。

体育祭

想出各种各样的主意和方法，执着于至少获得一项比赛的胜利。

Paper Shuffle

虽然在学习能力上本应该与 D 班是没有差距的，但还是遗憾地败给了 D 班。希望能以此为契机振奋精神，在第三学期大放异彩。

决战之时

"班会到此结束，希望你们在寒假里也能够保持作为这个学校学生的自觉，有分寸地度过每一天。"

我将坂上那无意义的叮嘱当作耳旁风，拿出了手机。

该下手的这一天终于来了。

今天是第二学期的结业式，所有事情都会在中午之前全部结束，然后放假。

没有社团活动，学校也会催促学生早些回家。

也就是说校内几乎不会有学生。

"已经将能排除的学生都排除掉了，现在还剩下尚有可能性的近十人啊。"

其中有几个人我连话都没有说过，但这也没办法。

最好是能不利用轻井泽就找到 X，但现在一点关于 X 的线索都没有。

"算了，这样反而增加了些趣味。"

说实话，我现在有了一定的目标，不过现在去缩小目标把 X 找出来并没有什么意义。

还是把脑袋放空，等 X 自己送上门来要更加刺激有趣。

我在 Paper Shuffle 之后采取了一个行动。

动员 C 班里听我指挥的学生，去盯住那些需要注意的 D 班学生。

但我并没有打算靠这个方法找出真正的 X。

监视的对象范围说到底也只是像须藤和三宅那样的小混混，或者是像平田那样担心问题扩大的保守派。

即便如此，D 班的人如我所料察觉到了我的行动中蕴藏的危机。而须藤，因为他实在是太不聪明了，只能费功夫直接上前去挑衅他。

总之关键在于使 X 时刻意识到自己在被我"盯着"。

那个家伙应该在战战兢兢地度过这每一天吧。

被"可能会被知晓真实身份"的恐惧所支配。

一直以来那个家伙都以铃音为掩护，固执地隐藏着自己。

也就是说这个人是害怕自己暗中操纵 D 班的事情败露。

既然如此，那我就慢慢紧逼。

X 不可能不感到害怕。

而且还有一点，我特意告知 X 我已将矛头指向轻井泽的事情，但并没有立刻采取行动。

那个家伙这两周左右应该已经由于持续的高度紧张状态而伤神。他一定会不停想着该怎么和轻井泽接触，怎么打探出消息，每日询问作为自己要害的轻井泽事情的发展状况，是否又发生了什么变故，还有在寻找他的我会采取什么样的行动。

这比想象中还要让人疲惫并引起内心的混乱。

无法正常判断自己被抓住了多少马脚而疑神疑鬼。

而今天——就成了抓住陷入恐惧中 X 最佳的日子。

仅过去了几分钟，班上近半数的学生已经踏上了归程。

教室里的表走得要比往常慢。

学生们一个个离开了学校。

"哈哈哈……"

我感到自己的内心兴奋不已。

感受到了这几年来都未曾感受过的高涨情绪。

想起了几天前伊吹问我的问题。

为什么要冒险找出 X。

伊吹说就算找出来了也没有什么意义。

确实，搞清楚是谁了以后就没有下文了。

感叹一下：啊，是你啊。然后一切就结束了。

然而，这仅限于 X 是个普通家伙的场合。

一直以来，我接连制定了几个策略和 D 班一争高下。

就算我再不愿意也必须承认，X 是一个和我有着相似思考方式的人。

而这样的人，我从来没有遇到第二个。

想要找出这个人的强烈兴趣驱使我走到这步。

知道 X 的真实身份后，和 X 面对面的时候，我自身又会发生什么样的变化呢？

我想知道那时我又会开始寻求什么。

能见到让我兴奋的 X。

如同初恋一般，使我心潮澎湃。

为此我无论什么手段都会尝试。

今早向 X 发去的邮件有了对方已查收的通知，无疑，X 已经收到信息了。

"龙园。"

椎名日和来到我的身边，向一动不动的我搭话。

"怎么了？"

"今天大家都相当紧张呢。"

她一边说，一边向四周望去。

只剩下了几个平常就伴我左右的家伙。

"你接下来是打算做什么吗？"

"是和这几个月以来一直让我兴奋不已的人会面，你也来吗？"

"不用了，似乎也不是什么好玩的事情……"

说完，她继续补充道：

"真的一定要穷追不舍吗？"

"啊？"

"没事，这由班级领导者龙园你来决定。"

日和主动给我们两人的对话画上句号，迈步走开。

"我会待在图书室里，有什么麻烦事情的话请联系我。"

"这件事你帮不上忙。"

"这样啊，那祝你寒假愉快。"

日和的情绪没有发生任何变化，按照自己的语速淡淡说完后离开了。

她脑袋聪明，但讨厌纷争。

本以为能够派上用场，但她作为我的棋子果然还是起不了什么作用。

还是服从我的命令、跟随我行动的这些家伙要更加好用。

他们陆陆续续收拾完毕，聚集了过来。

"到时间了，龙园老大。"

石崎紧张兮兮地说道。

"真是让人相当期待。"

我让石崎拿着包，里面装着这次行动不可或缺的东西。

伊吹和阿尔伯特也在。

不需要很多人一起去。

只要最低限度人数的人，以及嘴严的人。

因为接下来的行动并不怎么符合这所注重礼仪规范学校的规定。

1

班会结束三十分钟后，进入寒假的学校基本上就空了。和暑假相同，学生们齐齐离开了学校。

　　我们光明正大地走在路上也没有什么人会注意。

　　"这是……要去哪儿？差不多该告诉我们要做什么了吧。"

　　这次的计划没有告诉包括伊吹在内的任何人。

　　伊吹只知道我指挥石崎他们盯着 D 班的人。

　　结果他们到最后都没有意识到我去找高圆寺真正的意图。

　　我没有向外界透露一点风声的原因在于无法消除 C 班内还潜伏有像真锅那样的间谍的可能性。X 为了隐藏自己的真实身份应该竭尽所能，想了各种各样的办法。

　　所以为了成功将 X 逼出来，我把大戏隐瞒到了现在。

　　"伊吹你想知道吗？"

　　"我和你成了一条绳上的蚂蚱，你要做什么乱七八糟的事情的话，也会害得我不得安宁，提心吊胆的。"

　　石崎也颇想知道我的真实心意，凑了上来。

　　"你还记得轻井泽吧？真锅她们会被 X 用作间谍的原因就在于她。"

　　"D 班那个啰啰嗦嗦的女生？这我还是知道的。"

　　伊吹在无人岛考核时潜入 D 班，应该很清楚 D 班里的人物。

　　"我今天给她发了邮件，把她叫到天台。邮箱地址是从一个和轻井泽有过交流的女生那里弄到手的，当然了，我让轻井泽知道了是我发的邮件。

有交流的女生……我特意没有说出她的名字，现在还没有必要把"桤田桔梗"的事情告诉其他人。

"嗯？天台？你叫她来，她会来吗？"

"她一定会来的，我在邮件上写了，如果她不来的话我就将她的过去暴露。"

要是她过去遭受过校园暴力的这种惨事被人知道了的话，一定会引起大骚动。

轻井泽想到现在的地位有可能不保，就只能做好思想准备，前来赴约。

"就算她来了，你觉得就能打探出 X 的真实身份吗？"

"一般是不会说的吧。"

X 应该向轻井泽约定了会保护她免遭包括真锅在内的敌人的威胁。

"我也给 X 发了邮件，内容是：我今天会把轻井泽叫出来，逼问她 X 你的真实身份，而且不计任何手段。这下不光是轻井泽，同时也威胁了 X。"

"可是……你的威胁邮件发给了轻井泽对吧？要是她把邮件内容给学校看了怎么办，X 是有可能出这种点子的。"

伊吹如挑衅一般瞪向我。

"不会的，她要是这么做了，我就会直接暴露她的过去，不管轻井泽采取什么样的方法，她都无法和我们对抗。"

轻井泽或者 X 唯一能做的，就是直接来见我，让我不要采取那个终极手段。

"最差的情况就是两人谁都不出现，不过那样的话，就有轻井泽的好戏看了。"

"X 不会为了轻井泽冒这个险吧……"

"并非如此，击溃了轻井泽就意味着灭掉了 X 手下的一枚棋子，那个家伙好像利用轻井泽做了不少事情。"

"你怎么会知道？X 为了保护轻井泽确实威胁了真锅她们……"

我也是在最近才意识到轻井泽是 X 手下的棋子。

我是因为在 Paper Shuffle 的时候注意到了疑点，这才顺藤摸瓜搞懂的。

"哈哈哈，真是让人期待呀。说不准 X 会不会来，但是害怕自己的过去被人知晓的轻井泽绝对会出现。"

"就算照你说的轻井泽出现了……你具体打算怎么做？如果她坚持不说出 X 的信息呢？"

伊吹和石崎都颇为在意这一点……

"听真锅说，轻井泽过去遭受了相当严重的霸凌，而这种有过残酷经历的人，当再次被置于相似环境下的话会丧失理性。那么，我们就再现一下那种状况如何？好好地招待招待她，直到她把 X 的身份说出来。"

"不会吧……你要我们对轻井泽做什么？这可不是什么能拿得上台面的事情。"

"不能这样吧，龙园大哥，须藤的那个时候就惹了麻烦，现在还要几个人欺负一个女生……而且天台上是有监控的！"

"那种事情我早就知道了，也想好了对策。"

登上去往天台的台阶，我回头看向身后犹犹豫豫的伊吹和石崎。

"不想做的话，现在逃走也可以。"

"怎……怎么会逃走呢？我跟着龙园大哥您。"

"你呢，伊吹？"

"要看你接下来的对策了，觉得危险的时候我就退出。"

毕竟她也早就在意起 X 的事情了。

我在通向天台的大门前停下脚步，命令伊吹等在此等待时机并从石崎那里接过了书包。

将需要的道具拿出来以后，我再次把书包递给了石崎。

"那是……"

"等着。"

我一个人打开了天台的大门。

终年开放天台的学校并不多见，但这所学校也是有其能开放的理由的。

　　不光有结实的栅栏，还安装了监控。只要发生危险行为，就会被记录下来。

　　当然，一般老老实实地使用天台即可，不过这里没什么人气，一年到头都没多少人来。这所学校里有着无数像咖啡店还有商场那样的人气场所，特意到这里来的估计只有我这样的人了。

　　不过这里的监控有限。

　　只在进到天台这侧门的上方有一个。

　　在很少有死角的天台，设置一个确实就够了，但反过来说，只要这台机器不起作用了，就说不上什么监视不监视的了。

　　站在监控正下方，我直视镜头。

　　然后把提前准备好的黑色喷罐拿在手上，对着监视天台情况的监控喷射。

　　天台上的监控和教学楼里的一样为耐攻击性监视器，强力聚碳酸酯的镜头保护罩加上钢铁骨架，使其能够承受住破坏行为。但是，能让监控失效的并不限于暴力破坏，一个喷罐就够了。

　　喷雾迅速附着在镜头保护罩上，将其视野染成一片昏暗。

　　能承受住再强劲打击的监视器都不起效果了。

　　"这下就不存在会被人监视的问题了。"

　　我已经提前调查好了学校的监控体制。

设置在校内的几百台监控中，在实时监控下的只限于几个主要的场所，所以不可能立刻注意到异常状况。

我之前也在其他地方，像这样把监控涂黑过，然后主动向班主任坂上坦白，接受了惩罚。只不过是被扣除了作为监控修理清扫费的点数，然后被警告了而已。同时那个时候我也知道监控并不是被一直盯着。

特别是像今天，几乎所有学生已经踏上了归程，学校的警戒就更薄弱了。

"阿尔伯特，你就在下面等着，轻井泽来的时候让她通过就行了。要是什么不速之客……老师什么的来了的话立刻电话联系我。"

阿尔伯特静静地点了点头，走下了台阶。

以防万一还是找个人盯着点，要是发生了什么意想不到的事情也能加以应对。

"你把监控涂黑……不会被惩罚吗？"

"不过是个恶作剧，不会有什么严厉惩罚的。"

"要是轻井泽能如你所料前来就好了。"

"会来的，这对她来说可是生死攸关的问题，她是做不到置若罔闻的。"

现在只需要等待约定时刻的到来。

2

快到下午两点，天台的门被打开了，那里出现了一个学生的身影。

吹着冷风，身体稍稍僵直的今日主角。

"哈哈哈，你果然来了轻井泽。"

我把手机关掉，放到口袋里。

伊吹和石崎有些紧张，将身体转向轻井泽那面。

"……你今天早上给我发的邮件，那是什么意思？"

"现在没必要问这个了吧，你应该知道我说的是什么意思才来的。"

我给她发的邮件内容是这样的：

> 我已经从真锅那里知道了你的过去，下课后一个人到天台上来，你要是把这件事告诉其他人，明天有关你过去的谣言就会在全校传开。

轻井泽只要看到真锅的名字应该就懂了是什么事情。

"你应该按照约定没有告诉任何人，一个人来了吧？不对，你也只能这么做，因为你不能让别人知道你的过去。"

她有可能只把自己现在陷入了困境的事情慌忙通知了知晓其秘密的 X，不过这也无所谓了，就像是我刚刚告诉伊吹的，我已经给 X 发了邮件。

今天会对轻井泽处刑，逼问 X 你的真实身份。

不管轻井泽有没有向他求助，我都会这么做。

"不过你果然还是一个人来了啊。"

"是你说要我一个人来不是吗?"

"哈哈哈,是啊。"

一直以来都在竭力隐藏自己的人不会这么容易就出现。

轻井泽也不能向 X 以外的人求助。

也就是说两个人的行动都受到了极大程度的限制。

"喂,我完全不知道你想要干什么……天气这么冷,你能不能快点把话说完,我好离开。"

轻井泽拿手掌摩擦自己的双臂,做出自己不知道发生了什么事情的样子,但这已是无用功。

"那你又为什么要来呢? 你不应该直接无视掉邮件吗?"

"那是因为……不想让你到处去说一些无根无据的东西。"

轻井泽极力装作平静,不过我当然明白那只是她的伪装。

"无根无据的谣言? 现在在场的所有人可都是清楚你原本是个校园暴力受害者。"

"唔……"

就算再怎么想隐藏,当被触及真相的时候,态度上是藏不住的。

"被真锅她们知道就说明你气数已尽了,你现在应该很恨没能顺利处理掉这件事的自己吧。"

"你的目的是什么？威胁我你又能得到什么好处？"

"打发一下时间？"

与我的气定神闲相比，轻井泽已经不知该如何是好了。

"你要是敢对我做什么，我就立刻到学校告发你。"

"喂喂，你就是因为做不到，才一个人来的吧？因为没办法向任何人求助。"

"龙园，这么自信真的好吗？对方有可能制定了什么计策。"

伊吹怀疑轻井泽一个人出现在天台此事背后是有什么阴谋。

"她只能求助于 X，我们没必要过分担心。就算是她把和我的对话录了音，或者是拍下来了，那种东西也没什么用，毕竟她最担心的就是自己的过去被人知晓。只要我们还没有把那件事泄露出去，她就只能乖乖听话放弃抵抗。"

"可是……"

"够了，别说了。"

我知道伊吹想说什么。

真锅她们被抓住了霸凌轻井泽的把柄，进而被威胁了，无奈保证以后再也不欺负轻井泽，并且不把这件事告诉任何人。除此之外还被 X 利用，把 C 班的消息泄露了出去，真是自作自受。

所以伊吹担心这次我们也会被抓住把柄，进而被威胁。

但那是不可能的。

知晓"轻井泽被霸凌的过去"。

只要掌握了这个武器的使用方法，就无须再担心其他事情了。

在这种情况下，将我们逼入绝境就意味着将轻井泽逼入绝境。

不过这和危险互为表里也是事实，是一把双刃剑。

只是暴露了轻井泽的过去的话，是没有必要来威胁我们的。

利用现有的信息大做文章，倒是说不定可以得到一定的效果。

但是暴露就暴露了，这把双刃剑就派不上用场了。

轻井泽阵亡，我们还是找不到 X。

我所期望的就是将隐藏在轻井泽身后的家伙引出来。

既然今天已经采取了行动，再不找出 X 可不行。

为此有必要知晓轻井泽和 X 的关系深浅。

"不用再兜圈子了，你也想早点走对吧。把藏在你身后的那个家伙的名字说出来，只要你说了，关于你的过去我保证不泄露一个字。"

"我听……听不懂你的话。"

轻井泽明显更加动摇了。

轻井泽已经知道了我正在寻找 D 班的幕后人。

但她应该没有想过我会知道她和 X 有关联。

"你被真锅她们欺负的时候，是 X 帮了你对吧？"

"啊？不是这样的。"

"你现在再掩饰也没有什么用了，我手里可是有几个证据。"

"证据？"

看来轻井泽从 X 那里了解到的具体情况要比我想象中的少。

就让我慢慢地、不出错地、一步一步逼她把 X 招出来。

"你觉得你身后的 X 是怎么把你从真锅她们手中救下来的？"

"不知道，我没有被欺负过，而且 X 又是谁……"

"知道了，知道了，你不承认的话我就先把结论告诉你吧。"

看来不这样的话，轻井泽是不会说实话的。

"X 抓住了真锅她们的弱点，如果不希望欺负你的事情被暴露出去的话就最好老老实实的，她们就这么被封住了口。"

轻井泽一言不发，只是怒视着我。

"哈哈哈，原来如此……你已经知道 X 是怎么封口的了。"

"我……我什么都没有说。"

"不用靠语言，你的眼睛就已经出卖你了。"

我接着说道：

"到此为止还只是老套的剧情，但 X 可不善罢甘休，在体育祭的时候还让真锅出卖了我，对不对？当间谍提供情报，威胁她们不照做的话就公开霸凌事件。"

"那是什么？从刚刚开始我真的听不懂你说的话……"

"你没在撒谎？好像体育祭的事情真的是第一次听说呢。"

难道，轻井泽自己也不知道 X 是谁？

如果一直是用免费邮箱交流，指示行动……

不对，轻井泽不太可能会听从没见过面、不知道来历的人的命令。

说起来，如果真的不知道的话，一定程度上承认自己和 X 的关系，然后坦白自己不知道 X 的真实身份，这样对轻井泽来说更轻松。

一直坚称自己什么都不知道的话，就一定会有让她选择这么做的理由。

"我想知道的只是攻击我的 X 的真实身份，对你的过去没有任何兴趣，你不觉得老老实实把 X 的身份告诉我，对你来说是种更好的选择吗？"

"你问多少次我的答案都是一样的，我什么都不知道。这里真的很冷欸……"

她可能没有打算久留，穿得非常少。

"确实是挺冷的，所以你不想早点说出来然后赶紧回去吗？"

"我没有话要和你说。"

"这样啊，你硬要包庇 X 的话我也没有办法，那就把你的过去全都说出去好了。"

"……"

现在的情况对轻井泽来说可谓四面楚歌。

受到攻击时只能选择沉默。

不管选择哪个选项都是在树敌。

再怎么考虑也不过是在浪费时间。

"不用再浪费脑细胞了，没用的，现在的情况不是靠你想想就能解决的。很明显，你能做的选择是有限的，而其中最正确的就是把你背后的人的名字说出来，仅此而已。"

这样的话，至少轻井泽可以守住她的秘密。

在形势危急的现在，除了放弃 X 没有其他自救的方法。

"如果……如果就像你所说的我背后有谁的话，也没有办法保证我在这里说的人就是那个 X 吧，你能确认是真是假？"

石崎也有些在意这点，未经允许就插话进来：

"龙园大哥，确实如她说的，我们没有办法确认真假……"

现在这个笨蛋插话进来，只能是给轻井泽找出路。

我用眼神和动作示意石崎闭嘴。

意识到自己多管闲事的石崎，充满歉意地乖乖闭上了嘴。

"要是知道你撒了谎，那就把你的过去公之于众，我这么说如何？"

"那……"

"你能做的只有和盘托出。"

轻井泽眼角上扬，强硬地反驳道：

"我又不是傻子，不管我现在要说实话还是假话，你早晚有一天还会来威胁我。事事被你利用，恕我实难从命。"

"哈哈哈，确实啊，就像真锅她们被 X 利用的那样，谁也没有办法保证我不会再利用你，所以你要怎么做？"

"我不说有，也不说没有，更不随便说一个名字，也就是说，我没有什么可以回答你的。"

轻井泽认定沉默是唯一的正确答案。

不能说这个选择不佳，但它实在不是最好的选择。

"你沉默的话我就说出你的过去，这么说如何？"

"你觉得我的身后藏着一个人，但无法确定是谁，所以才来找我。我不认为你会轻易把这个机会放弃掉。"

"原来如此，在问出答案之前把你的事情说出去的话，你就没有再开口的理由了，这可能会耽误我找到 X。"

没错，轻井泽把眼神转向别处。

"对我来说，就算是从你嘴巴里打听不到 X 的事情也没关系，只要花时间慢慢找就可以了，你没有想到我接下来还有数不清的机会可以找出 X 吧。"

"意思就是你接下来还会有行动对吧？可是 X 意识到自己正在被你寻找的话，开始留心不要轻易被你找到，这不是很理所当然的事情吗？"

这个女人比我想象中要厉害，脑子转得很快，而且能言善辩。

如果 X 的思考方式和我相似的话，那么应该是结合了轻井泽在 D 班里建立起来的较高地位，认识到了她的利用价值才帮的她。X 善于利用别人，那么也可以不眨眼地放弃掉她。

X 虽是为了让 D 班显露头角才在暗中行动的，但是没有办法排除其优先考虑暂时不暴露自己身份的可能性。

如果我轻易地把霸凌的问题泄露出去的话，就像轻井泽所说的，X 有可能从此藏得更深。

万一 X 完全藏起来了，那我的乐趣就少了一大半。

"你是因为想好了自保手段才一个人来的啊。"

轻井泽不会什么都不考虑就孤身前来。

还有可能是 X 的出谋划策……这就说不准了。

"你懂了？不觉得现在乖乖让我回去才是最好的？"

我看了一眼手机，没有新邮件。

给 X 发的邮件也白发了吗？

我现在彻底明白了 X 的狐狸尾巴不会这么轻易地露出来。

那么就做好冒风险的觉悟，进行下一个阶段的计划吧。

"关键在于让你把 X 的真实身份说出来就行了不是吗？你十有八九是知道的，既然如此让你现在就说出来才是最佳的选择。"

X，是你不仁不义，在选择救轻井泽还是隐藏自己之间选择了后者。

"威胁都不起作用，该怎么要她开口？"

"这还用说吗，从古代开始，要想让人开口当然是要拷问了。"

"龙园大哥，真要……"

"伊吹，抓住她。"

"为什么是我，你自己来不就行了。"

对接下要做的事情并无兴趣的伊吹不听我的指示。

"抓住她。"

"我不参与，怎么想这都是一场危险至极的赌注。"

"连续行动失败然后退出，你也太丢人了吧伊吹，现在重要的是如何让我再次信任你。"

我猛地抓住伊吹的手腕。

"所有的责任都由我来承担，你放心吧，不要有顾虑，抓住她。"

"切……"

她不情不愿地接近轻井泽。

"你……你要干什么？"

"我也是迫不得已，抱歉了。"

伊吹说完迅速转到轻井泽的身后，控制住她的双臂。

"好疼！"

轻井泽发出悲鸣。

虽然心里不乐意，但伊吹还是将轻井泽的抵抗悉数压制下来。

被有过格斗经验的伊吹这么架住，轻井泽完全无法反抗。

"石崎你去打水，先打两桶来，楼下的卫生间这个时间段没有人用，男厕里有两个打扫用的水桶。"

"欸？打水做什么？"

"连你也要反抗我的命令吗？"

"怎么……怎么会，我马上去。"

　　石崎前倾着身子从伊吹身边跑过，慌慌张张，跟跟跄跄。

　　"在石崎回来之前，我们先聊一聊，活跃一下气氛怎么样？"

　　"不要！快把我放开！"

　　轻井泽拼命挣扎，但无奈还是逃脱不了伊吹的束缚。

　　控制住她的身体并不是为了不让她逃走，而是为了增加她对接下来会发生的事情的恐惧。

　　轻井泽可能是预感到了，拼命抵抗，做最后的挣扎。

　　"你敢动我一根手指头，小心我告发你。"

　　"哈哈哈呵，都这个时候了还说这种狠话，你以为X这次也会保护你吗？"

　　不管被问多少次都是一样的，轻井泽坚决不承认X的存在。

　　"让你听听我的推测，你和暗中操纵D班的X约定了他会在危险的时候保护你，对不对？"

　　轻井泽的眼神有些游离，有些事情不是想藏就能藏得住的。

　　"如果不是这样的话就说不通了，就凭你这种连其他班的女生都讨厌的强硬性格，不光是真锅她们，可能还会被别的人盯上。"

伊吹的视线从轻井泽移到了我身上。

"你应该每天都担心得不得了，害怕那些知道事情真相的人会把你的过去泄露出去。然而，直到今天都没有更多的人知道，也没有人来欺负你，这是为什么？只能是因为有人在背后为你撑腰。"

"那个人是 X 吗？"

伊吹问道。

"现在是，不过……恐怕最初并非如此。X 应该是在真锅她们和轻井泽接触了以后才知道真相的。我猜想……你让平田当你的男朋友就是为了拿他当护身符吧。"

轻井泽瞪大了眼睛。

"不……不是这样的。"

"没错对吧？轻井泽你可不要小看我。"

我凝视着她的瞳孔，要将沉睡在她内心深处的黑暗拽出来。

X 一定也做过相同的事情。

"你是不是太过……"

她终于开始展现出柔弱的一面。

"……龙园，你为什么连这个都知道？"

对我的推测感到诧异的不光是轻井泽。

连伊吹也感到不可思议，忍不住追问道。

"当然是凭经验，我见过的烂人数不胜数。"

"呼……呼，久等了。"

慌忙去打水的石崎在几分钟后回来了。

桶里的水装了八成，翻起阵阵激浪。

见到这个，伊吹又再次发问：

"你为什么连有两个水桶这种事都调查好了？"

"你们连这所学校的何处装了多少台监控都不知道吧？"

"嗯，怎么可能知道这个。"

"不查是不会知道的，只要查了就能将眼前的情况尽数掌握。"

我一直以来都在一点一点地调查学校里监控的位置，知道洗手间里常备两个水桶也是之前调查的成果。

"确认监控的实验之一，就是让石崎他们进行袭击须藤的事件，只是没想到 D 班里居然有目击者。"

石崎惭愧地低下了头。

如果没有目击者的话，那次事件本会对 C 班更加有利。

"我说过对吧，石崎？绝对不要承认自己的过错。"

"是……是的……那个时候，那个，一不小心没撑住……"

最终石崎一伙被假的监控骗了过去，坦白了诬陷的事实。

"这所学校看上去纪律严谨，但实际上并非如此，一些看样子不会被允许的手段也会由于做法得当而被应允。"

而小提示就藏在日常生活中。

"你们可能不知道,但脑子稍微好点的人都在一直进行试错。"

我入学以后首先做的就是探寻这所不可思议的学校的"规则"和"解决问题的方法"。

入学以后,在理解了学校体系基础上所做的事情,就是搞清楚个人点数能用到哪一步。

"比如说,你们不觉得考核的形式有一点很奇怪吗,无论是无人岛考核还是船上考核,Paper Shuffle,应该只要询问高年级学生就能知道考核的详细内容,乍一看可能会这么想,但是,就算去问也不会有一个学生说出来,你们觉得这是为什么?"

"……因为每年实施的考核都不一样吧,也有可能是因为每年的规则都不同。"

"是的,考试不会每年都相同,但是,严谨地来表达的话,该这么说:给'每个年级'定的规则不一样。"

"这是什么意思,龙园大哥?"

如果能向高年级的学生询问考核的内容,然后顺利通过考核的话,它作为考核就不成立了,只会成为巴结高年级学生的无聊纷争。

要想阻止这一情况的发生,就必须加上一条规定来约束学生的行为。

"高二以后，就追加上'泄露考核内容的学生立刻开除学籍'这样一条规定呢？"

不管考核的内容一样还是不一样，加上这么一条枷锁的话……

"那……确实是不能外传。"

"没错，就算有低年级学生来拜托也不能说，多嘴就会被退学，辛苦奋斗了一整年的学生是不会冒这种险的。实际上我也以个人点数为诱饵和几个二年级学生做过交涉，但一次都没有成功过，这就是说出来的话会有相应风险的证据。"

"但是……可能确实是这样，小宫和近藤之前也说过，想让学长给点提示，但是什么都没打听出来，就好像这是不能问的东西。"

因为这是谁都会想到的捷径，所以一代接一代，学生之间已经形成了绝对不能泄露考核内容的潜规则。

严格来说，有可能还定有更加细致的规则，不过这早晚会被知道。

"就这样，我一直在寻找允许和禁止的界限。"

监控，收买高年级学生，和 A 班的背后交易。

"今天在这里接下来要做的事情，也是实验的一部分。"

轻井泽因为寒冷而开始颤抖。

"用语言来唤起心理创伤什么的太慢了，还是直接让你体验一下比较快。"

按照真锅她们所言，个性刚强的轻井泽是不会立刻说出来的吧。

我给石崎递了个眼神。

一个眼神石崎应该能懂我要他做什么。

伊吹把轻井泽押到石崎前面，然后走到了一旁。

石崎按照我的命令，将水桶里的水从轻井泽头上浇下。

"……"

隆冬寒空下，浇下去的水会让她冷到骨子里。

心灵和身体的巨大冲击，让她当场崩溃，身体不断颤抖。

轻井泽两只手抱着自己的身体蜷缩成一团。

刚刚那强硬的姿态被一桶水浇得无影无踪。

"想起来了吗，你在之前的学校里所受的洗礼？"

"没……没有！"

她堵住耳朵，就像是害怕幽灵的少女一般，只是一个劲地哆嗦。

"我要做的可不止这些，我要彻底地毁掉你。"

我拿出手机，开启录像，抓住轻井泽被淋湿的刘海向上扯。

她的眼里已经没有了生气。

　　现在，她的脑子里应该在闪现她过去所受的欺凌吧。

　　"这是欺负你的录像，如果你什么也不说的话，我就在学校散播。"

　　当然是假的，但是轻井泽现在已经做不了正确的判断了。

　　"快哭啊，叫啊，求我饶了你啊！"

　　"不……不！"

　　没有比被深深烙印在身上和心里的伤痕更有挖掘价值的东西了。

　　"真是不忍心再看下去了……我果然不该帮你……"

　　伊吹如同逃走般移开了视线。

　　"欺负弱者也很有趣呢，真是让人心潮澎湃。"

　　想起了过去那些来找我麻烦的家伙。

　　过于得意忘形而遭了报应的时候，还有人哭得像个孩子一样。

　　但是轻井泽的情况稍有不同，

　　"曾经被霸凌得那么惨的你，居然在 D 班成了个大人物，佩服佩服。"

　　原本的弱者靠着自己的力量出人头地，构建出了一个新的自己。

　　利用了平田，还在 X 的保护下把自己的地位坚持到了今天。

"这可不是能简单做到的事情。"

被霸凌过一次的人会变得卑躬屈膝，越是被施加暴行，程度就会越来越深。

"你是一个有种的女人，这一点可能都不输给我。"

面对跪在眼前、颤抖着的轻井泽，我继续嘲笑道。

"可是，人的本质可不会那么轻易地发生变化。你本质是一个被霸凌的人，而不是一个可以对别人施加暴力的人，这一点你给我好好想起来。"

我拿起石崎脚边的另一个水桶，这次由我来泼到轻井泽身上。

"……"

轻井泽泣不成声，猛地将身体缩成一团。

"石崎，再去一次。"

"遵……遵命。"

石崎捡起翻在地上的水桶，再次走下天台打水。

"封了真锅她们的口来帮你的人是谁？"

"没有这个人！没有！"

轻井泽摇头，坚决否认。

"哈哈哈，还要隐瞒下去，果然有种。不对，你是不是已经习惯了被人虐待？可能对你来说这种程度根本算不上什么。"

我抓住轻井泽的胳膊，强行往上拽。

"……真是让人看不下去了。"

"好戏这才开始。"

"真让人恶心。"

伊吹并没有走，她从始至终拒绝参与到行动中来，只是靠在大台的门上。

"知道 X 是谁了以后我就走。"

"可以。"

我不是为了让你们开心才这么做的。

我是为了自己的快乐，毁掉轻井泽。

3

已经冷到了骨子里。

凉水从头发上往下滴。

总共四次，水桶被翻转过来，从上往下泼。

水透过制服，连内衣都已经完全湿透了。

但可怕的不是身体由于寒冷而产生的颤抖。

是心已经凉透了。

我绝望到想要怨恨这个世界，被沉重的绝望压到喘不过气来。

我为什么会被欺负？

内心想法由此逐渐发生变化。

我为什么会活着？

我做错了什么？

开始自己责怪自己。

凉透了的心侵蚀着自己的身体。

刻在自己身上的伤痕如烙印般开始隐隐作痛。

"喂，差不多该说出来了吧，轻井泽？没必要再这么折磨自己了。"

龙园站在我的面前，笑着逼我开口。

可是我的面前是一条死路，我怎么做都不对。

如果我把清隆的事情说了出来，可能我暂时是可以获得解放。

可是这并不能救我脱离苦海。

谁都不能保证龙园不会再次拿这件事情威胁我。

他下次出现，可能就会来指示我背叛 D 班。

电视剧里常常出现的最糟糕的桥段在等着我。

叛徒的下场必定是悲惨的。

所以，我只能抱着最后的希望。

只能相信清隆会来救我的承诺。

那是……守护我快要被绝望吞噬了的内心的最后一道屏障。

"我知道你在想什么，你害怕如果说了的话，他就不会保护你了，这是你最后的希望。"

牙齿因为寒冷和恐惧而上下碰撞，吱吱作响。

我拼命挣扎想要停下来，但无论内心还是身体都不受控制。

令人厌恶的过去被镌刻在大脑里。

过去和现实重叠了。

"是怀抱着希望死去？还是回到过去的状态？你真的愿意这样吗？"

龙园一个劲地用语言来攻击我，打倒我。

"能救你的不是 X，只要你能坦白，我会救你的。"

好可怕。

"但是和我作对的话，就不得不让你受点折磨。"

救我。

"你经历过的事，没经历过的事，我会把这一切都散布到学校里。"

好可怕。

"到那个时候，你觉得你还能假装冷静，继续当你的班级红人吗？"

救我。

"不可能的，你会回到你过去的状态，重新变成那个被残忍虐待的自己，本来的自己。"

过去被霸凌的记忆在我的脑海中，如走马灯般不停地反复闪现。

"不要啊，不要啊，不要啊不要啊，不要啊不要啊不要啊……"

我不想回到那个昏暗、悲惨、让人想要一了百了的世界。

"那就说出来吧，说出来了你就可以保住现在的自己了。"

"求你了，放过我，求你放过我！"

我的自尊什么的已经碎了一地。

不对，之前只不过是用胶带粘起来了而已，其实早已破碎。

胡乱拼凑起来的我……轻井泽惠，已经死了。

快乐的校园生活崩塌了，发出轰隆隆的响声。

"我不会像真锅她们那样放过你的，我们已经知晓了你的秘密。就算我被逼到退学，知道事实的人可不止一两个，谣言会立刻传出去，到那时候连你一直看不起的同班同学都会来欺负你，明白吗？"

"不要，不要，不要……"

"那你就好好想想回到过去是一件多么痛苦的事情。"

……即使再厌恶，我也已经想起来了。

白色世界在脑内瞬间扩张。

紧接着的是绝望与黑暗。

初中的时候因为一些小事，地狱的大门开始向我敞开。

争强好胜的性格让我在入学没多久就和相同类型的女生成了敌人，从那开始，欢乐的校园生活就与我无缘了。

课本被乱写乱画，笔记本丢失，这都是小儿科。

在厕所隔间被泼水这种老套的剧情也不止一次两次发生在我身上。

遭殴打和踢踹的画面被拍下来，成了班级里的笑柄。

室内鞋里的图钉，课桌里的动物尸体，我全都记得。

……

对了，对了。

我想起来了。

在这种时候，人能够采取的最后的防御手段。

全盘接受就可以了。

接受自己被龙园虐待的现实。

只要这样我就能得以解放。

啊，我又会回到那个时候啊。

那个时候，我觉得自己的内心一定经受不住那种摧残。

对我不错的同学，和我关系挺好的同学都变了。

那种残酷的时光，我应该忍受不了第二次了。

抛弃了我的初中唯一为我做的，就是告诉了我这所高中的存在。

在这里谁都不认识过去的我，这对我来说如同救命的稻草一般。

如果连这都没有了的话，我……

抬头望向天空。

一直隐忍着的泪水溢出眼眶，不停地往下掉。

为什么……我现在会遭受这样的事情？

真是讨厌啊……

我的心里产生了这样的感情。

我不想就这样接受自己的命运，回到过去。

听眼前的龙园说，他好像只想找出要找的人。
也就是说我只要把清隆的名字说出去就解放了。
可是，没人能保证我过去被霸凌的事情不被公之于众。
有可能第二天就会人尽皆知。
在丧失了清隆的信赖之后，还要失去所有的朋友。

然而……

我是有可能得救的。
只要说了那个名字，卸下重担，这段痛苦的时光可能也会宣告结束。

我别无他法了。

会来救我的。

这么承诺过的清隆最终还是没有来救我。

就算我相信他，等他到现在，依旧没有发生任何转机。

他没有看到我给他发的邮件吗？

可是我用眼神给他递信号了。

四目相对，他也确实给我承诺了。

他说，我会守护你的，放心。

我以为他是这个意思。

只是我以为吗？

我弄不清楚了。

我也没有弄清楚过。

我和清隆的关系太过淡薄。

他在真锅她们没有保证不再对我做什么的情况下就和我断绝了关系。

"我已经没有必要站出来了"，用这么自私的理由。

我的事情对他来说根本无所谓。

我被背叛了？

我被他抛弃了？

"阿尔伯特，有谁来了吗？这样啊，再联系。"

龙园静静地叹了口气。

"你心中还一直抱着一丝期待吧？但看样子不会有人来救你的。"

啊，我果然是被抛弃了。

不对，我不相信他的话还能怎样。

清隆说过会帮我。

事实上他确实把我从真锅她们的魔爪下救了下来。

"你真是相信 X 呢，轻井泽。"

龙园又叹了口气，好像是惊讶于我会坚持到这个地步。

"你被骗了。"

"不……"

"就让我告诉你 X 没和你说过的，船上考核时的真相。"

"真……相？"

笑容不知道什么时候开始从龙园脸上消失的。

"真锅是为了给诸藤报仇才打算要给你点颜色看看的，但一直没有机会。把你叫到没有人烟的地方，你自然也不会乖乖地去。但是，你一个人去了船舱最底层，这是为什么？"

"那是因为……"

是洋介叫我去的。

虽然那个时候内心很不安，但也只能相信自己的宿主洋介。

所以才去了那个地方……

然后真锅她们偶然到了那里。

"你觉得那真的只是偶然吗？"

龙园又看穿了我的内心。

"在偌大的船舱里谁也做不到二十四小时跟踪你，所以，那不是偶然，真锅她们出现在那里是必然的。"

他的意思是我被洋介骗了？

不对……

不是这样的。

我明明立刻就明白了不是这样的。

但还是有一瞬间想要怪到洋介的头上。

"你已经明白了吧？X暗中和真锅接触，用讨厌轻井泽的人要不要联合起来等花言巧语笼络了她们，还设计把你引了出来。轻易就上钩的人只能用一个'傻'字来形容，这是事实。"

确实，我记得当时事情是挺奇怪的。

叫我出来的洋介到最后都没有出现。

我知道清隆所以我明白。

他指使洋介让我孤身一人……

"X故意让你遭受霸凌还留下了证据，你不觉得这太惨无人道了吗？"

我不愿这么想。

可是龙园所说的……绝不只是骗人的话。

清隆出现在那里，还救了我，这一切都不是偶然？

"你不是被救了，而是被设计了，可笑吧？"

被骗了？

"朝你四周看看，现在X在吗？来救你了吗？"

我……从一开始……就被清隆骗了？

"只不过是在自己身份快要暴露的时候把你舍弃掉了，这么想没错吧？"

不，不会……

不会的……

我……没有被拯救。

明明受了这么大的折磨……

走进了清隆精心设计的陷阱，还以为自己被他救了。

帮了他那么多忙。

却在关键时刻被他抛弃。

那我……

"你也已经意识到了吧？没错，那又是一种性质更加恶劣的'霸凌'。"

绝望与黑暗将我吞噬。

我到头来还是走不出这名为霸凌的莫比乌斯带。

"不，你还剩下一个能得救的方法。"

名字。

把清隆的存在告知龙园。

"没错。"

只要说了名字，我就能得以解放？

"没错，解放。"

龙园仿佛能读懂我的内心一般，再度笑了出来。

"只要你说了名字，我保证以后再也不会找你。"

啊，得救。

只要说一个名字，绫小路清隆，就可以了。

不知道自己该不该相信。

只要听听我内心的声音，眼前的男人也一定能理解的。

我确信这一点。

违背自己的意志，嘴唇轻颤。

被背叛的绝望与愤怒以及渴望获救的内心。

可还是发不出声音。

我太冷了，导致没办法将心里的声音说出来。

"慢慢来，说出那个家伙的名字。"

"唔……"

发出声音了。

抖得不行，害怕得不行。

但我终于发出了声音。

"吾?"

龙园反问道。

"唔……问……"

我慢慢地一点点挤出声音。

这样我就能获得自由。

"再说一遍，慢慢地说。"

龙园的脸向我靠近。

"问我……"

说出了两个字。

对，我没有说出他的名字。

我，从一开始就没有过这个打算。

因为我……

"问我再多遍……我也绝对……不会说的……"

"……"

龙园的笑容凝固了。

在我乌云密布的心中，出现了一道阳光。

虽然现实世界没有发生任何改变。

这就是我得到的答案。

"就算从明天开始这所学校里不会再有我的容身之所……就算还要继续受折磨……"

我坚信的东西。

不是龙园的话，也不是清隆的存在。

"我也绝对不会把名字说出来……"

我的心中涌入一股热流。

"这样真的可以吗，轻井泽？"

可以。

这样就可以。

可能会后悔。

但，这样就可以。

"你明明知道 X 只是在利用你，为什么还要袒护他？"

"不知道……"

我还想问呢。

但我现在唯一知道的就是……

"我也有想要坚持到最后的东西。"

朦胧的视野一下子变得开阔明朗。

"这样啊，很遗憾轻井泽，从今天开始这所学校不会再有你的容身之地。虽然我不想做什么费工夫的事情，但也没办法，不过你是值得尊敬的，明明有心理创伤，就算被自己唯一的依靠背叛了也坚决不出卖对方，我欣赏你这一点。"

可以了。

这样就可以了。

我重复对自己说。

可惜我在这里坏掉了。

不知为何对自己有些骄傲。

明明被背叛了，也没有选择自己去背叛谁，如果这样能帮到他的话。

能帮他实现他所追求的平稳生活的话，也不坏。

我这样不也挺帅的嘛？

我的人生虽然基本上没有什么亮点，但和清隆联手做那些事情的时候还是挺刺激的，不算坏。

还有点开心。

是不是有点像在背后支持男主角的女主角？

虽然不是很懂那个人所做的事情。

不过，很特别而且有意思。

不管我用的是什么方式，反正帮到了他是事实。

所以我不后悔。

不后悔。

可是，哎。

可是心底还是想过，他是不是会来救我呢。

我还是……有过微微的期望。

啊，我真傻。

完全被别人拎着鼻子走。

这是自作自受吧。

被洋介保护，被清隆保护。

我自己一个人的话什么都办不成。

寒冷的冬日。

我的心情不知为何有些轻松。

再见，被虚假环绕的自己。

欢迎回来，如行尸走肉般过去的自己。

高度育成高级中学
第一学年 B 班班主任 总评
截至 12 月 1 日　班级点数
753

暑假之前

在一之濑的带领下，入学后没多久 B 班学生之间的关系都变得亲密了。虽说偶尔还是会产生一些小矛盾，但希望他们能在这三年里勤奋学习，不断努力。

无人岛考核

比起赢和竞争，这次考核更重要的是锻炼了全班的团队协作能力，B 班学生都开心地度过了在无人岛的一周时间。在我眼里他们比其他班级的学生都要优秀。

船上考核

因为不擅长怀疑与陷害他人，所以成绩稍稍逊色了一点，不过有着如此纯真的心灵，定能升上 A 班。

体育祭

B 班学生和关系不怎么好的 C 班消除隔阂，在体育祭中尽力了。如果龙园能够学会与人合作就更好了。

Paper Shuffle

虽然在这次考核中遗憾地败给了 A 班，但我一直坚信开朗、积极向上的 B 班孩子们定能升上 A 班。

交错的思绪

大约在轻井泽去见龙园的两个小时前。

那时茶柱老师还在向 D 班的同学们强调寒假的注意事项。

"因为寒假校园要重新翻修，不可以进，请大家不要忘记这一点。还有就是，今天是本学期的最后一天，没有社团活动，请大家都尽量早点回家。"

只挑重点的老师很快就结束了讲话。

但也不知道是为什么，茶柱老师有好一阵一言不发地默默用目光扫视全班同学。

不知道一直这样下去到什么时候，又看不到老师要下课的迹象，等得不耐烦的池举手说道：

"老师，还有什么事吗？"

"我想有很多同学已经知道了，我们班可以说是十拿九稳能升到 C 班了，大家表现得都不错。"

"哇，老师这么直白地表扬我们，可真是件稀罕事。"

其实不只是池，全班同学都是这么想的吧。

"但也不能因此而大意，如果有人在寒假里捅了篓子，可是对班级点数有影响的。假期漫长，但也不要忘了学生的本分。"

茶柱老师用这样的一番话作为第二学期的总结。

"茶柱老师这么温柔地叮嘱我们可真是少见。"

"是啊。"

"不要做什么违规行为"一定是她想表达的意思。

我一边把书本装进书包里，一边将目光投向轻井泽。

轻井泽在和其他女生说话的同时看向了我。

今天早上，轻井泽给我的紧急联系邮箱发了一封邮件。

有人关于真锅一伙人校园暴力事件有事和她说，要她下午两点去天台。

我一点也不惊讶，也没有回复轻井泽。

因为在收到轻井泽的邮件之前我就已经收到了龙园的邮件。

我一点也不在乎那家伙揍不揍轻井泽。

从一开始我就知道那是为了引我上钩而设下的圈套。

但是轻井泽好像从我的眼神中明白我已经看过邮件了，安心地和朋友们走出了教室。她是打算先离开学校，之后再回来吧。

下午一点左右，几乎所有的学生都离开了校园。

"之前说好去榉树购物中心逛逛的，你还去吗？"

收拾好东西准备离开的启诚凑了过来，对我这么说道。

"今天也没什么事，就跟你们去吧，等我收拾完了马上就走。"

"那我在走廊等你啊。"

我就带教科书回去吧，可能会用得上。

"那个……你今天是和人有约吗？"

佐藤一脸歉意地走过来对我说。

"对，我这就要和幸村他们出去玩，之前约好了……"

"这样啊，我可真不走运。"

佐藤一脸失望的神情，她不会是像上次一样想要约我出去吧？

"……今天怕是不行了，但是寒假可以吗？"

"啊？"

"两次都拒绝你怪不好意思的，如果你愿意的话……"

"真……真的吗？"

"嗯。"

佐藤用力前倾身体，看起来十分感动的样子，我心里有点发怵。

"那咱们一言为定！"

佐藤涨红了脸，高兴地跳了起来。

她到底对我的哪一点这么感兴趣……

当然不是觉得不舒服，但教室里还有人，这样的事着实令人难为情。

"总之，明天以后什么时候都行，咱们邮件再联系吧。"

"好的，再见，绫小路同学！"

佐藤喜笑颜开，转身走向篠原一行人。

篠原她们用奇怪的神情看着我，之后离开了教室。

我该去找启诚他们了。

走廊里大家好像都到齐了，你一言我一语地一边闲聊，一边等我。

看到波瑠加阴森的笑容和爱里低沉的表情，我立刻明白了自己的处境。

大家刚一出发，我看出波瑠加一副想要说什么的样子，便先开口说道：

"没别的意思。"

"我还什么都没问呢，怎么了？"

"什么怎么了，你不是想问吗？"

"看佐藤的那个样子，让人浮想联翩不是吗？"

"清隆你个老司机，又是堀北又是佐藤的，还要点节操吗？"

搞不懂为什么连启诚都有点生气了，不过还是希望他们能给我个解释的机会。

"她就是想找我一起玩而已。"

"女孩主动邀请男孩，你不觉得非同一般吗？"

"佐……佐藤同学……是不是……喜欢清隆同学你啊？"

之前一直闷声不语的爱里，眼睛滴溜溜地转。

"这种事……我怎么会知道。"

"你们应该打算两个人过个甜甜蜜蜜的圣诞节吧？这可了不得！"

波瑠加就是波瑠加，又开始了她天马行空的想象。

"别瞎扯了，赶紧想想接下来去哪儿，今天晚上人肯定多。"

从明天开始就放长假了，今天玩通宵的学生应该不少。

启诚认为不管玩什么都还是快点去比较好。

"就漫无目的地闲逛不挺好的吗？反正也不着急。"

在我们叽叽喳喳说话时，明人表情僵硬，一言不发地跟着我们。

他的心思不在我们这儿，而是时刻警惕着身后，一边走一边留意身后是否有眼线。

"好像没人跟着啊……"

明人小声嘟囔着，放下心来。

看来龙园既然决定今天做个了断。

就觉得没必要再派人跟着我们了吧。

"虽然榉树购物中心什么都有，但还是想去外面看看啊。"

波瑠加朝着学校大门远处的方向望去。

"去涩谷或是原宿，想看表参道的霓虹灯啊。"

"先不说榉树购物中心，每天上学的路都是一成不变的。"

"我对现在的环境倒是挺满意，生活上所需的东西一应俱全，清隆同学也和大家一样想出去吗？"

确实看不出来爱里会和波瑠加一样是那种喜欢到处玩的类型。

我也没必要强行附和她们吧。

"虽然和爱里一样对这里的环境还算满意，但是我也懂那种想要去外面的心情。"

"虽说这是学校的规定，但是不让学生和家里联系也做得太过了吧。一般父母都会关心自己子女的情况，不是吗？"

三年之内不准见自己的孩子，学校的规定确实不能用普通来形容。

明人可能是对这件事感触颇深，表情僵硬了起来。

"我妈就是那种总是担心孩子的类型，可能会非常担心我吧。"

"学校也十分重视这事，好像会定期向家长报告学生的成绩以及生活状况。"

"那……不是更让家长担心吗？比如父母会想我家孩子有没有在努力之类的……"

"比起男生，女生的家长更担心吧。"

"啊，我家就没关系。"

波瑠加轻快地说道。

好像触碰到了她不愿提及的事，我们就没再将这个话题进行下去。

1

"那接下来去卡拉 OK 吗？可能那里人会有点多。"

"不会吧，又要来惩罚游戏……"

"那肯定啊，为了让小幸村一雪前耻。"

在大家商量着接下来去哪儿的时候，我停下了脚步。

"你怎么了，清隆同学？"

"不好意思，我打算先回去。"

"这还没到两点呢。"

明人看了眼手机上显示的时间。

"其实昨天晚上我熬夜了，现在特别困，寒假再来找我玩吧。"

爱里似乎有些遗憾，但现在即使没有我，她也能和小组里的人打成一片。

和大家告别之后，我转身离开。

我拿出手机打电话给班主任茶柱老师。

"不好意思，有点事想和您谈一谈，现在能见一面吗？"

"你想干什么？不是你说的已经和我再无瓜葛了吗？"

"确实是这样的，但我意识到还有必须说清楚的问题，如果可以，我希望和您面谈，现在可以去学校找您吗？"

"我在教室等你。"

"好的，我几分钟后就到。"

挂断电话后，我很快就回到了 D 班的教室。

教室里已经没有学生了，茶柱老师独自一人站在我的座位附近，双眼望着窗外。

"如果像往年一样，今年的雪也不会小吧。"

"您喜欢雪吗？"

"小时候喜欢，但是长大后就不喜欢了。"

茶柱老师说着拉上了窗帘，缓缓地回过头来。

"你刚才说有事要和我谈，是什么事？"

"我还没有得到答案，为什么不惜利用我，也想让 D 班升上 A 班？"

如果没有强烈的意愿，老师是不会不惜撒谎也要利用我的。

"在这所学校里，和学生一样，老师之间也存在着竞争。为了自己的考核结果，期望自己的班级往上升，这是理所当然的。"

"我觉得这不是您的真实想法，如果老师从最开始的目标就是升上 A 班的话，也就不会讲出不利于 D 班的话了。"

第一学期期中考试的时候，茶柱老师刻意对 D 班隐瞒了考试的相关信息。

"那件事不违反学校的规章制度，只和我自己有关，没必要告诉你。"

"那时候您应该一边暗地里为班级能够上升为 A 班做准备，一边感到困惑吧，心里在想，这个班级真的有升上 A 班的实力吗？把 A 班作为奋斗目标真的合适吗？"

老师的真实想法其实无所谓。

重要的是她是不是值得利用。

"真是白费口舌，我回去工作了。"

看着老师转身打算逃走的背影，我再次说道：

"如果不回答我的话，至少请放弃利用我的想法。"

"又是这句话，你没必要说那么多遍，你已经不再受我的控制了，不是吗？"

"接下来我要说的才是重点，今天您要是放手不管的话，D 班是升不到 A 班的，不，别说是 A 班了，升到 C 班都不可能。"

"你说什么？"

我刻意看向教室里的时钟。

"两点了，龙园把轻井泽叫去天台，现在应该在上演一场好戏吧。"

"龙园叫轻井泽？"

"老师不知道吗？轻井泽以前可是受过严重霸凌的学生。"

"这还是第一次听说……"

轻井泽平日的样子根本看不出她遭受过校园霸凌。

"恐怕从明天开始，学校里就会传开轻井泽被校园暴力的事情了，这样一来，她就会自闭，甚至可能会选择退学。如果能证明这事与C班有关，或许能给她报仇，但这对双方的影响恐怕难以计量。"

虽然现在学校没有明确说明会给出现退学者的班级怎样的惩罚，但一定会受到相应的惩戒吧。这一点不用问，看看茶柱老师的表情就能明白了。

但是茶柱老师很快就恢复了平静，以平时那种冷峻的目光看着我。

"原来如此，我知道你的企图了。这次的事仅凭你自己难以解决，但是身为老师的我就另当别论了，不仅能解决问题，还不会暴露你的真实身份，对你来说是绝佳的方法。"

"如果我请求您的帮助，您会答应吗？"

"你别得意忘形了绫小路，我不打算帮你。"

"我猜也是。"

"老师介入学生之间的问题，在这所学校里不是什么被提倡的事。"

确实如此，老师孤身一人跑到天台，阻止龙园的霸凌行为，让他们不再提过去轻井泽被欺负的事。事情不可能这么容易就解决。

茶柱老师拒绝也是理所当然的。

"但是，您就这么简单地拒绝真的好吗？我可没向您承诺今后不会做出妨碍 D 班的事对吧？我可以用计让 D 班没法往上升。"

"……没想到学生竟然会威胁老师，这好像和之前的情况反过来了。"

"如果老师能将功补过，和我恢复平等的师生关系，我至少不会做出妨碍 D 班的事，您不觉得这是一件好事吗？"

"如果因为我拒绝提供帮助，就没法升上 A 班，那么接下来不知道还会有多少次这样的事情在等着我。"

茶柱老师固执地认为施以援手不是什么好事。

"您放心吧，其实我从一开始就没指望过老师会帮忙。"

"什么意思？"

其实从最初开始，依靠老师解决问题这个想法就不在我的计划之内。

"我就是逗逗您而已，那您能在远处观望我是怎么解决这件事的吗？"我邀请茶柱老师当这场好戏的观众。

2

如果计划顺利的话，轻井泽现在已经在天台上待了三十分钟吧。

石崎曾慌张地下来过一次，在水桶里装满了水之后又返回了天台。

从地板上的水迹来看，他已经往返好几次了。

这是龙园为了让轻井泽想起自己过去受的欺负而采取的手段吧。但可能是因为轻井泽没有轻易就范，不见C班的人和轻井泽从天台上下来。

结果可能和我的预想稍稍有些不同。

不过那是向着好的方向发展。

"你到底是怎么打算的，绫小路？你还要等到什么时候？"

我把茶柱老师带出教室，和在楼梯处放哨的C班学生山田阿尔伯特保持一段距离，屏住呼吸，观察着情况。

但时机还未成熟。

既然事已至此，也就没必要慌张行事了。

时机越晚到来就越会按照我的计划进行。

当然行动过晚也会有风险，但这是考虑到利害之后必要的牺牲。

"我们聊一会儿天吧。"

"在这种情况下聊天？"

我并没有顾及茶柱老师的疑惑，继续说道：

"那是刚入学没多久的事了，须藤考试差一分及格，我想用个人点数来买分数的事您还记得吧？"

"我记得，你和堀北两人一共支付了十万点。"

那件事已经过去了半年多。

"没有用个人点数买不到的东西，您这么说过吧。"

"是这样的，须藤也避免了被退学不是吗？"

"确实如此，买分数虽然合乎情理，但是您不觉得如果买分数是一直被允许的事情的话，就不会出现退学者了吗？无论是谁，不及格只要用点数买分数就行，这么做就能阻止退学。"

"但确保有充足的个人点数却没那么容易，你们这届的 D 班奇迹般地将点数维持在一个较高的水平，往年的 D 班只有你们的一半。而且班级里也不光是相亲相爱的同学，班级点数下降，有想维持自己个人点数的学生也不足为奇。"

"确实如此，但是作为学校的规章制度，这难道不是一种缺陷吗？如果通过个人点数挽救低分成为常态的话，那么就会很少有人因为考试退学。"

"可能吧。"

茶柱老师虽然没有否定我，但是却不肯直视我的眼睛。

"我的问题就在于，在我请求老师卖我分数的时候，您定的价格。"

"都这个时候了，你是想说当时的价格定得过高吗？"

"不是的，您当时说一分要十万点只是随口说说，还是有根有据的呢？从当时您的语气来看就像是您随口定的，但是我很难想象您可以仅凭个人意愿就能决定分数的价格。"

"你到底想说什么，绫小路？"

"这所学校关于点数的事已经详细彻底地条文化了吧？自然也会有买分时的说明手册。如果是这样，那事情就说得通了。"

"你想说，当时我定的一分的价格是学校事先规定好的吗？"

"对，您能回答我吗？"

空气突然安静了。

茶柱老师从来都是问什么立刻回答的，但这次她一时语塞。

"不是你问什么我都会回答的。"

"那我能理解为您回答不了这个问题吗？"

"随你。"

"那我就擅自推理了，学校为所有情况都制定了说明手册，也早已决定了买卖分数时一分要花十万点。以这些为前提，我又有了新的疑问，那就是每次考试都能以十万点买一分吗？"

"你怎么想是你的自由，你问我这些又有什么意义呢？现在轻井泽……"

我打断了老师的话，接着说道：

"是只有入学起一定时间内可以十万点买一分呢？还是每次买分价格都会上涨？抑或是下次甚至连用点数

也不可以买分了呢？我脑中这么多的猜想，到底哪一个是对的，请您回答我。"

"适可而止吧，你觉得我会回答你这些问题吗？就算我回答你了，你也没法确定我说的是真是假。"

"有办法，我直接问老师就可以了。"

我强行捕捉老师那想要极力闪躲的目光。

"那下一次期中考试老师想要多少钱卖我一分？"

"……"

茶柱老师沉默了。

"您不可能回答不上来吧，您可是老师呢。如果您不告诉我，我也会向别的老师问同样的问题，您可别忘了，如果我问出来了，我可以向学校告发，说 D 班班主任差别对待学生。"

不过，不只是茶柱老师，其他老师或许也回答不上来。如果是那样的话，就会有这几种情况，只能卖最初的一分这种硬性规定，又或者是只有在实际不及格时才能回答这个问题，等等。

但是我没能得到回答这件事本身也是另一种回答。

那就是，学校还准备了学生分数不够时的说明手册。

"你打算挑战规则吗？"

"这么做的学生不在少数吧，这一点看看传闻正在囤积个人点数的一之濑和极其重视个人点数的龙园就知道了。"

两人每天都进行着各种各样的试错，只为了找出有利于自己班级的战略方法。

"好，我回答你的问题。确实这所学校制度的突破口在于掌握个人点数的使用规则。当然了，历届的学生也和你们一样，从各种角度出发进行探索，即便是残次品云集的 D 班也是如此，虽有早晚的差别。学校详细制定了成百上千的规则用于回答学生的疑问。买卖成绩，掩盖暴力事件，取消退学处分，等等，都规定了所需的点数，但是老师能直接告知的仅仅是一小部分，因为多数是不准回答的。不仅如此，甚至还有很多规则连老师也不知道。"

"那么对于我的问题，正确的答案其实是'回答不了'吧。"

"是的。"

这下我解开了一个谜底。关于个人点数特殊用途的规则：如果不满足个人点数使用条件，是得不到回答的，而且这种情况不在少数。

下次的期中考试，一分的成绩已经被标价，如果能事先知道就可以采取相应的对策了。但是如果不明就里，就不能贸然行动，到时候如果老师说一分要用一百万点来换的话，我们就很被动了。

"这问题和眼前的事有什么关系？"

"没什么关系，不过是闲聊而已。"

茶柱老师没能看穿我的真实意图。

"那么……差不多到时候了，该结束捉迷藏的游戏了。"

我看了眼手机，上面显示的时间是两点四十分。

我给某个人发了一封邮件。

让他马上到这里来。

"虽然我不了解具体情况，但是我知道轻井泽被 C 班人欺负的事，你既然不想亲自露面解决这件事，那肯定是叫了其他帮手吧。"

"我会去天台的。"

听到我这句话，茶柱老师面露惊色。

"你是认真的吗？你这么做的话，全校都会知道你的身份。"

"这是我的策略，即便龙园知道一切都是我在幕后操作也没有什么用。不仅如此，他可能会将这一切过度解释为我以后还会插手，然后自取灭亡。"

"那样的话你就会在学校一举成名，从此失去安稳的校园生活了。"

可能在茶柱老师的心里冒出了某种想法。

只要我不暴露真实身份，就应该有办法帮助 D 班。

但是不管怎样，只要我和 C 班接触，龙园他们就会确信我是 X。不，用不着确信，只要我成了第一号怀疑对象，那一切都完了。

一直以来被疏于防守的我就会广为人知。

茶柱老师没有说出来，视线移到了一边。

"可能是我的判断错误吧。"

"判断错误？"

"在你入学前，我就从坂柳理事长那里听说了你的事，他说你是十分特殊的学生，十分优秀，从小在缺乏爱的环境下长大，也是必须保护好的学生。再三考虑后，我和理事长商量出一个办法，让你对这所学校产生感情，希望你能够在这所学校待下去。于是我对你说了你父亲的事，说他想让你退学，但是，那并不是真的，没想到不经意间竟成了现实。"

"原来如此，通过让人拥有目标，确实很容易让人产生执着心。但不凑巧的是，我不是那种容易让人担心的类型，无论别人怎么想，我都会选择继续留在这所学校，这是因为我现在还不想回到那个男人的身边。"

"我错在不该轻易地利用你，D班升到A班，追求这种听起来像是白日梦的事就是个错误吧。"

茶柱老师像是完全死心了一样一口气全部说了出来。

但是现在说放弃还太早，听起来甚至有点滑稽。

"不是什么白日梦，实际上，现在D班就要超过C班了，堀北最近也在团结全班同学，一定能行。"

"确实是这样，D 班达成了过去从未达成过的成就，这已经非常难得了，但你刚才说堀北在团结同学一事是真的吗？"

"这可是不想被自己的班主任问的问题啊，我觉得堀北拥有足够的能力领导 D 班。"

对茶柱老师来说，堀北不过是为了利用我而设下的一颗棋子罢了。

"现在堀北开始成长，班级里的多数人也是如此，以后就要看作为班主任的你怎么领导班级维持在 C 班水平……或者说是无限接近 A 班。"

实际上能不能往上爬，可能就需要其他稍微有些不同的能力了。

"你真的不干了吗？"

"目前是这么打算的。"

老师的个人意志是不可以改变学生的个人意志。

茶柱老师应该很清楚这一点。

把茶柱老师带来，不单单是为了给这次行动上个保险。

还为了让老师看到我确实想从班级竞争的旋涡中脱身的决心。

"话说回来，堂堂正正地以真实身份示人是你的自由，但这样真的能解决问题吗？"

"我也不能保证，但是这至少是根据龙园的性格和行为模式想出来的对策，总之，谢谢老师您能跟着我一起来。"

因为我的帮手出现了，我对茶柱老师道了谢。

老师什么时候离开都没关系了。

"久等了，绫小路。"

来者是前任学生会会长堀北学，看见他，茶柱老师显得很惊讶。

"这是怎么回事？"

"他是这次我和龙园做了断的见证人，龙园可是个不择手段的对手，谁是谁非的争论在所难免。"

我知道老师是最有说服力的见证人，但实际上并不能为我所用。

因此，利用同为学生的堀北哥哥才是明智的选择。

"你找来了帮手，是想让堀北来平息事态吗？"

"前任学生会会长看起来像是会为我做这种事的人吗？"

茶柱老师看了一眼堀北哥哥马上就得出了不可能的结论。

和老师一样，堀北哥哥也不会去多管闲事。

"'有人目击了天台上发生的事情'，只要这一事实存在就可以了。"

为此，我还和堀北哥哥交换了条件。

不过那和现在的事没关系。

"我走上天台后，你就走到通往天台的楼梯，没必要和下来的家伙说话或是惩罚他们，只需要让所有从天台下来的人认出你就行。"

前任学生会会长将看到有哪些人出入了天台。

仅仅如此，对龙园他们的威慑也会十分有效。

"好，但你别忘了和我的约定。"

"那是自然，反正如果我爽约，你可能把这次的事情从记忆中抹去，于我不利。"

"你明白就好，那就快点解决掉这件事。"

在堀北哥哥的目送下，我向通往天台的楼梯走去。

"你等等，绫小路，要是堀北不来，你本打算怎么办？"

"谁知道呢？"

尽管我这么说，其实心里早已经考虑过这种情况，恐怕会利用知道我身份的坂柳她们。

要是不行的话……算了，考虑已经作废了的方案也没什么用。

"过个十几分钟我就回来。"

3

我踏上了楼梯。

一阶又一阶。

我慢慢地向上走去，看到了前面的黑影，是看守通向天台道路的人。

他两腿分开威严矗立，静静地俯视着我。

他是 C 班的山田阿尔伯特，从刚才开始好像就没有动弹过，真是一个完美的守卫。

我虽然对他不甚了解，但知道他也是龙园的手下。

他现在就像是在给我估价一般俯视着我。

"能让我过去吗？"

也不知道他听不听得懂日语，总之先搭了一句话。

但是阿尔伯特纹丝不动，只是继续盯着我看。

他是以沉默来拒绝我呢？还是因为语言不通呢？这让人有点不耐烦。

他快速地掏出了手机，似乎打算打电话，也不知道这电话是打给谁的。

"Don't panic. I am the one you are seeking for."

（别紧张，我就是你们要找的人。）

我用英语对他这么说，阿尔伯特停下了手中的动作。

但他还是没有回话。

"Today I will solve the trouble by myself, and no one interferes."

（今天的问题由我一个人解决，并没有别人介入。）

我再次用英语说道，阿尔伯特稍稍考虑了一会儿，收起了他的手机。

他静静地侧身让出了一条路，虽然仍然没有说话，但这是让我通过的意思，好像是允许我上天台。要是我被拦在了楼梯上，那对我的计划也有影响。

"不好意思，我一会儿会揍扁龙园，没有你帮助的话他没有赢的胜算。"

我故意用日语挑衅地说道，阿尔伯特再一次看了看我身后的楼梯，确认没有其他人后亲手打开了通往天台的门。

阿尔伯特也进入了天台，站在门旁，在我身后监视着我的一举一动。

天阴沉沉的，好像马上就要下雨。我走向天台的护栏，看到了蹲在那里的轻井泽。注意到门开了的石崎和伊吹，还有龙园都朝我看过来。我环视前后左右检查监控的位置。

镜头部分被人涂黑，已经不能正常工作了。

原来如此，用喷罐轻易地破坏了监控。

我在了解了周围环境之后，马上将视线转向了龙园他们。

"绫……小路？"

伊吹最先喊出了我的名字。

听到我的名字，轻井泽也注意到了我。

她没立刻说话。

单从她瞳孔的颜色就能够知道她对我的出现表示

惊讶。

"对不起，我来晚了。"

我对她说。

"为什么……为什么……要来……?"

轻井泽看着我，以十分微弱的声音说道。

"不为什么，我们之前不是说好了吗? 无论你发生什么事我都会帮你。"

"龙……龙园大哥，难道绫小路就是 X?"

"不可能，这家伙不可能是。"

石崎很慌张，但伊吹在龙园之前先加以了否定。

"龙园，一定是 X 在利用绫小路，别上当，多半是X 之前告诉过轻井泽会有其他人来救她……"

"伊吹你闭嘴。"

龙园笑了笑，向我走来。

但在离我五米远的地方停下了脚步。

我很清楚此时龙园对我的警戒心一定十分强。

"哎呀呀，我还以为是谁来了呢，这不是成天围着铃音转的绫小路吗? 都放寒假了，你来这没人的天台干什么?"

"我收到了轻井泽的邮件，说是要我帮忙。"

我省略了具体情况，故意没说收到了龙园的消息。因为我现在是自投罗网，被猎人追捕的猎物。

"哦?"

"肯定是在说谎，是你接到了去救轻井泽的指示吧?"

刚被喝止闭嘴的伊吹不知道为什么特别想否定我就是X。

"你怎么了，伊吹? 你好像想否认绫小路就是X。"

"不是我想，这就是明摆着的事实，这家伙不过是冒着傻气的老好人，他可能都不了解情况。"

"你觉得他是个老好人，理由呢?"

龙园问伊吹。

"在无人岛的时候，我为了扰乱D班，曾把轻井泽的内裤偷偷放进男生的书包里，所有人都认为这是C班的我所为，但只有这家伙没有怀疑我。当时这个傻子看着我，断言我不是犯人。"

"那当时你应该很高兴吧?"

"现在不是开玩笑的时候，我本来就是犯人，怎么会高兴? 但从这件事上可以看出这家伙只是个无能的学生，对明显有嫌疑的人都毫不怀疑。"

这样的家伙不可能会是在暗地里操纵D班的人，大概是这个意思吧。

"龙园大哥你相信吗? 你觉得绫小路就是X吗?"

"绫小路原本就令人生疑，他成天和被夸得天花乱坠的堀北待一起。"

"但这也太明显了……对于一个想要隐藏身份的人

来说不会过于明目张胆了吗？"

"确实如此，我明白你想说的，石崎。所以我慎重地布好局，知道真锅一伙人的事情后才让真正的 X 现身。从对轻井泽受欺负这事处理的速度和手段来看，X 就是绫小路和平田中的一个。"

"别装了，你那之后不也没把绫小路或是平田当作头号怀疑目标吗？"

C 班的学生之间也产生了意见分歧。

现在变成了我承认，但伊吹他们却不信的神奇状况。

"正因为是最令人怀疑的，才故意待在堀北身边，或者是除了利用堀北之外别无他法。"

"但……"

我决定主动出击，放出一颗烟幕弹。

"别担心，我就是你们要找的人。"

"果然奇怪，X 自己怎么会说出这样的话，真是太荒唐了。"

我隐藏了这么久的身份，他们一下子不能接受这个事实也是理所当然的。

"我也觉得可疑，他可能是诱饵，受真正的幕后黑手指示自称是 X 的吧……"

龙园眼看就要确信我的身份，却被伊吹和石崎叫停。

"你也不相信 X 会来这儿吧？"

"确实如此，一直以来都躲在堀北身后的家伙会这么轻易地就掉进这显而易见的圈套，想想就奇怪。"

对这一点产生怀疑也是人之常情。

"在我看来你这一步可是走错了，绫小路。现在应该采取的最佳办法就是舍弃轻井泽，而不是傻傻地跑来这里。伊吹他们怀疑也是合情合理的，如果你真的是 X，那你告诉我现在这种对你不利的局面你要怎么应对？"

这是证明你就是 X 的唯一方法，也是关键方法，龙园又补充道。

"你问得倒是挺直白，但现在的局面真的对我不利？"

对于我白痴似的提问，龙园一伙人一时间感到很扫兴。

"我只是因为收到了轻井泽的求救才来的，现在也没有考试，我没法证明给你看，不是吗？想要我证明自己就是 X 的话，你等到下次考试就好。"

"哪有那么简单，现在我们知道了你的真实身份，还有轻井泽的秘密，你什么也不做就回去的话，明天可是会发生不得了的事情。"

"不得了的事？"

"装傻也该有个限度吧，让我来看看你打算怎么办！"

"什么怎么办，我什么也不打算做。"

"我知道了龙园大哥，他是让须藤他们在一旁等着吧。"

石崎把目光转向半掩着的门这么说道。

"没有。"

龙园否定了这一点。

"是……是这样的吗？"

"如果有多数同学知道了轻井泽的惨状，不用等我散播出去，轻井泽的地位自然也就荡然无存了，你能不能用点脑子。"

如果无法确认这一点，龙园也不会以霸凌事件为威胁开展这么荒唐的行动。

"原……原来如此……"

"但是如果他真在装傻的话，那可真的不简单。"

"差不多得了，龙园，X是绝不可能一个人堂而皇之来这儿的。"

伊吹对龙园说。

"真是难办啊，伊吹和石崎好像都不相信你就是X。"

龙园耸了耸肩。

"绫小路，你说你什么也不会做，但是我们要确认一下你身份的真实性。那么只能让大家都知道你的真实身份从而来确认了，这样可以吗？"

龙园笑了笑，他想看看我会有什么反应。

"我一开始就承认了，你要是不信，我就再说点信息吧，伊吹。"

我向还再怀疑我的伊吹说道。

"无人岛考核的时候，你被龙园指示用相机拍下领导者的钥匙卡，但是不知为何重要的相机发生故障没法使用了，对吧？"

"你……你为什么会知道？"

"是我弄坏了藏在书包里的相机，为了不弄出外伤，而用了水。"

即便是在 C 班，知道相机的人也很少。

"顺便提一句，在森林中遇到伊吹你的时候，你的指尖沾上了土，而你所在地方附近的土有被翻过的痕迹。我半夜调查了一下，发现了被埋起来的无线对讲机，那是你和龙园相互联系时使用的吧？"

我把话说到这个份上，他们应该能相信了吧。

那时看到手脏了的伊吹，只有我、山内和爱里。

也就是说我是看穿一切的人，铁证如山。

"只能接受现实了伊吹，绫小路就是 X。"

"等等，等等，不过是脑袋稍微聪明了一点，能断定他就是 X 吗？"

"还有怀疑的必要吗？"

龙园的表情变得更加茫然。

"就是觉得可疑啊，假如绫小路真的是在暗地里操纵一切的 X，为什么这么轻易地现身？之前的苦心经营不都付诸东流了吗？"

"可能还准备了其他计策吧，真是我们无法想象的厉害家伙。如果没有的话……那就可能真是个傻子了。"

"计策？现在这种情况根本不存在什么计策，你们掌握着轻井泽过去的秘密，我知道要是不处理好这件事将会导致怎样的后果。原本就抱着无计可施的心理来的，所以成了现在的这个状况，不是吗？"

"所以你想怎么办？这样一来你的身份随时都有可能被公之于众，既然让我们知道了你的真实身份，我们曝光轻井泽的事就没什么意义了，为了让我们保密，你们也不敢轻举妄动，完全陷入僵局。"

"也不能把你们在这里对轻井泽做的事情报告给学校了。"

和在考核中不同，平时的校园生活中暴力行为并不会使人立刻退学。

即便能够证明暴力行为的存在，能够给他们带来多大的打击还是个未知数。

"如果你把我们的行动说出去了，那就来个鱼死网破，断掉轻井泽的退路。"

确实是这样的，如果惩罚龙园，我就会完全失去轻井泽。

有的时候觉得只是擦破了皮，但其实已经伤到了骨头。

原本把轻井泽的过去当作攻击手段的龙园现在又转为采取防御态势了。

"怎么看我们这边都有压倒性优势。"

"你们已经知道一切了，满意了吧，让我带走轻井泽。"

"别说令人扫兴的话，好不容易来一趟，别着急嘛。"

龙园抓起轻井泽的手腕，粗暴地拽她起身。

"啊！"

"你不可能轻易暴露自己的身份，你在打什么如意算盘，让我看看吧。"

龙园两三次向我做着充满挑衅意味的手势。

"抱歉龙园，不管你问几次我都不能满足你的期望。"

"什么？"

"我败在了你的手上。"

在场的所有人都没能想到 X 会说出这样一番话吧。

因为大家都只在考虑，我到底是对轻井泽见死不救、只为保护自己真实身份冷酷无情的 X，还是会机智地在保护自己身份的同时营救轻井泽。

一直微笑着的龙园此刻脸上也开始出现阴沉。

"费尽周折识破的 X 竟然这么蠢，龙园你真的是白费力气啊，相机的事一定是他走了狗屎运。"

虽然是伙伴，但伊吹一直不太信任龙园。

她不是在演戏而是真的有感而发才这么说的。

看准时机，我采取了下一步行动。

"我确实暴露了自己的身份，但这并不意味着我会立刻陷入困境，知道我在暗地里操纵 D 班的，只有堀北和轻井泽，所以说，如果这件事被其他班的人知道了，那就是现在在场的人说出去的。"

"那又怎样？"

"如果让别人知道我的真实身份，那我就会把今天天台上发生的一切报告给学校。"

"就是因为你做不到，所以才说你现在身陷囹圄。"

"能做到的，到时候牺牲轻井泽就可以了。"

"什么？"

"你们以前认为我应该会抛弃轻井泽，但是今天我出现之后又觉得我不会那样做，对吧？"

"这正是不合理之处，如果一开始就见死不救的话就不会暴露身份了，正是因为没法那样做才来的吧，你就是在虚张声势。"

"没关系……如果清隆的事暴露了，把我的事说出去也没关系。"

倒下的轻井泽缓缓起身，看着我说。

我马上把视线转向龙园。

"就是这样，信不信随你，到时候我会奉陪到底。"

"我觉得暂且知道 X 的真正身份就行了。"

"我也同意，搞不好到时候真的会和我们来个鱼死网破。"

本来这一切都是为了挖出 X 的真身而开始的行动。石崎和伊吹不期望得到更多的东西。

"哈哈哈。"

不知道为什么，原本抱头苦思的龙园微微颤抖，笑出声来。

"确实，一方抖出秘密的话可能会引起战争，这一点我承认。"

虽然可能会有程度上的差异，但双方都会因此受伤。

而且换个角度来看，轻井泽的事未必会给她带来致命伤害。

她是一个从遭受霸凌的生活中重新振作起来的少女，我脑子里浮现出了这样的评价。

如果龙园此时宣布终结，那一切都会在这里结束吧。

但是……

他绝对不会做出这样的选择。

"说实话，现在有点扫兴啊，不仅轻易地让我们知道了你的身份，还通过把做判断的权利交给对方来保护自己。但毫无疑问，一直以来让我充满乐趣的 X 就是你绫小路，那不让我玩到最后的话可不行，是吧，石崎？"

"是……是啊。"

"对我来说一切都是游戏，不只是升到 A 班，击溃一之濑、打败铃音，都是游戏的一部分。打败 D 班和 B 班也都是我在最后打败坂柳之前的消遣对象。"

龙园笑着揪住了轻井泽的刘海，轻井泽表情很痛苦，但是眼神却不再恐惧。

"哈哈哈……你明明很绝望却好像一点也不感到恐惧呢。讨论绫小路到底是不是 X 真是太荒唐了，看她的眼神就知道，她很相信绫小路呢。要是我曝光绫小路的身份，恐怕还要主动说出自己被霸凌的事呢，放心吧，你已经没用了。"

他已经对轻井泽失去了兴趣，放开了她的头发，一把推开她。

"一直陪我玩的人是你啊绫小路，你不过是 D 班的残次品，却几次三番看穿我的计谋，而且手段还和我相似，我对你很感兴趣。揪出幕后人物已经成为我的乐趣，我没有想过接下来的事情，等见到了你再考虑也不晚。"

他相当饶舌，将心中所想一吐为快。

"然后我决定了。"

"……你打算怎么处置绫小路？"

"你着什么急，伊吹。"

伊吹和我保持一定的距离，但毫不害怕龙园，气势汹汹地逼近他。

"你接下来的行为会给 C 班带来麻烦。"

"哈哈哈，自命不凡还不愿和同班同学合作的你，事到如今竟然还说什么 C 班会有麻烦，真是搞笑。"

"我一直对你唯命是从，是因为觉得你的指示虽然荒唐却是为了班级着想，现在已经超出了那个范围，很明显绫小路已经黔驴技穷了。"

伊吹好像是要消除掉心中积蓄的愤懑一样接着说道：

"所以你现在要做的事我是绝不会答应的。"

"你知道我接下来会做什么吗?"

"我从四月份起就一直在观察你，不难推测，你是想用暴力来使人屈服吧。"

石崎听到这话，身体稍稍变得僵硬。

"你用武力打倒过石崎、小宫、近藤和阿尔伯特。"

"这是显示实力差别最好的方法了。"

"差距已经一目了然了吧。"

"我到现在为止已经吃了绫小路好几次的亏了，这个仇非报不可。"

"你这个想法会把班级置于危险的境地!"

"啪"的一声发出清脆的响声。

龙园的手掌打在了伊吹的脸上。

伊吹立刻沉默了。

"我只要自己觉得开心就好，而暴力最为简单明了。"

果然龙园所探求的答案就是这个。

既然没有使计策的机会，那也只能这样了。

"你听好了，这次最重要的是怎么处理得到的信息，包括绫小路的身份和轻井泽的事在内，今天发生的所有事，我不想让外人知道。我们确实恐吓了轻井泽，向她泼了冷水，万一有人向学校检举了此事，我们会受到很重的惩罚。换句话说，只要双方互相保密，这里无论发生什么都不会被别人知道。"

想一想目前发生的事情，这是能够轻松推导出来的结论。

有轻井泽过去的秘密和我的真实身份做挡箭牌，这里发生的事情绝对不会被泄露出去。

"无论发生什么，彼此只能忍气吞声。"

还有 C 班成员之间的暴力行为也不会被外人所知。

"我开始理解你为什么这么晚才出现，这样一来，大家都不能置身事外。把门关上，阿尔伯特！"

阿尔伯特接到龙园的指令后，把通往室内的门关上了。

"结果这步棋你还是没走对，你可能觉得自己来一趟就可以结束了，但我是不会这么轻易放你走的。"

在场的所有人都察觉到了接下来会发生什么。

龙园的方针是不会发生改变的。

"看来我没退路了啊，这下事情就会向你期望的方向发展。"我说道。

"让我先把你这平静的表情变成恐惧，我要是不做点什么，你是不是瞧不起我？"

"你真的打算诉诸暴力吗？"

"不是所有的战斗都只是智商的博弈，布下天罗地网，军师运筹帷幄也可以，但直接将目标暗杀掉也是了不起的作战方法。暴力是世界上最强大的力量，无论怎样的伎俩都不得不臣服于暴力。"

战事一触即发，我的目光一一扫过龙园、伊吹、石崎和阿尔伯特。

"我要把你的惨样印在脑海中，狠狠地揍你一顿，把你解决掉后，从第三学期起就要开始对付一之濑了。"

"人确实会在暴力面前屈服，这道理我不是不懂，但是要实践的话，就要时刻拥有比对方更强大的力量，你懂吗？"

"什么？"

"就凭你们四个人，是阻止不了我的。"

"……"

伊吹难以理解我的话，皱起了眉。

"哈哈哈哈哈哈哈。"

可能是觉得太荒唐了吧，龙园捧腹大笑。

"绫小路想说的是，'光凭'我们还谈不上用暴力支配别人？那就让我看看你的本领，看看你自信的源泉，石崎！"

"真……真的要动手吗?"

对于龙园的命令,石崎犹豫了起来。

要是对手是像须藤那种常打架的学生还好,可在他眼里我就是个普通的学生。

他接到指令却产生抵触心理也在情理之中。

"别多想,快动手!"

"可是……"

"我们就算揍扁绫小路也不需要担心任何后果。"

"等等!"

轻井泽的叫喊声阻止了向我逼近的石崎。

"为什么要做这么傻的事?打清隆对你们没有什么好处吧?"

"喂喂,轻井泽,别着急参战嘛,你已经没用了,有这家伙的牺牲你就不用担心自己的过去被人知道了,还不谢谢我们?"

龙园好像不想让轻井泽误事,又揪住了她的头发。

"啊!"

龙园将轻井泽拖向身后。

"识相点,给我滚开!"

即使如此,轻井泽为了我,也要和龙园死磕到底。

她站起来,想向龙园扑过去。

"轻井泽你不用担心我。"

我让她不要那么做。

"可……可是……"

"你完全不用担心我。"

"就是，你担心一下你自己吧！"

石崎走向前。

"你别怪我，绫小路，这是龙园大哥的命令。"

"没关系。"

事情发展至此，一切都在我的计划内。

石崎漫不经心地挥舞着拳头，就好像在打毫无还手之力的婴儿。

单一的动作连中小学生都能躲开。

我用右手接住了他大幅击出的右拳。

"什么……"

"石崎，你要打架的话还是认真点比较好。"

我警告道，但是拳头被挡住的石崎好像还是没能理解现在的状况。

是因为他觉得即便我接住了他的拳，也只是我不得已之举，只是在逞强吧。

我用右手牢牢握住石崎被我拦下的右拳。

"什么？"

石崎的表情渐渐僵硬，膝盖开始颤抖起来。

"怎么回事，石崎？"

伊吹发现了情况不对，回过头来。

"啊！受……受不了了，快住手！"

石崎的膝盖逐渐难以完全支撑身体，跪在了天台冰冷的地面上。可能是他受不了了吧，用自己的左手拼命地想掰开我的手，但这只是白费力气。

在他们当中最先反应过来的不是伊吹，也不是龙园，而是我身后的阿尔伯特，我感到一团黑影向我袭来。

在得到老大的许可之前，阿尔伯特举起并挥舞他那碗口大小粗壮的手臂。

可能是他考虑到在石崎逃开后，我可以采取防御姿势吧，所以他特意在我能够活动的左手一侧发动攻击。

但他是多此一举了。虽然我能够避开他的攻击，但是我做好了多少挨点打的准备，于是用左手手掌正面接住了他的一拳。

响起了沉重的撞击声。

强烈的威力从手肘直达肩头。

"确实挺痛的啊……"

虽然阿尔伯特戴着墨镜难以看清他的表情，但是看样子他已经充分地掌握了我的情况。

"不是吧……阿尔伯特，石崎，你们是在过家家吗？"

在远处的伊吹看来，阿尔伯特并没有使出全力，石崎也不是真的疼痛难忍。

或者只是她不愿相信这是事实。

从我的右手逃脱之后，石崎蹲在那里抱着自己的右腕。

"揍他，阿尔伯特！"

龙园喊道。

强壮的阿尔伯特向我冲了过来，挥舞着他那充满力量的手臂。

人要是多次连续遭受具有破坏性的打击是会积累损伤的。

第一次是我故意接了他一拳，接下来就不会这样了。

躲开了他的左拳，我开始正面攻击他。

用拳击打法向他的腹部出拳，虽然我下手是有轻重的，但是面对实力未知的对手，我不会手软。

阿尔伯特毫无表情的脸发生了变化，但十分细微。

从我直击拳传回的坚硬触感，也能感受到这对他的伤害不大。

可以看出他不仅拥有纯种日本人不会拥有的强大肉体，还进行了相当多的训练。

这样一来，想要打倒这钢铁之躯就要花点工夫了。

每个人的身上都存在着无数的弱点。

比如说，心窝是没法锻炼的。

当然，虽说如此，把它认定为一击必杀的弱点还为时尚早。

仅仅是难以锻炼而已，还是有习惯和能忍受这种疼痛的可能性。

阿尔伯特也本能地感知到我会用拳去打他的心窝，灵活转动他巨大的身体躲开了我的拳头。

我预想到了他会这样，用手劈向他的喉咙。

"……"

阿尔伯特发出了悲鸣。

"绫小路！"

石崎从我背后喊道，向我冲了上来。

"偷袭别人就别大喊大叫……"

我对石崎偷袭还大吼大叫的行为感到无语，与此同时踢向他左腿的膝盖。

他真是太憨了。

我确认绕到我身后的阿尔伯特下半身以后，一个回旋踢踢在了他的脸上，又立刻出左手狠狠地打了石崎一拳。

石崎被这一拳打蒙了，天台上顿时安静了下来。

这令人难以置信的场面深深地印在了龙园、伊吹和轻井泽的眼睛里。

"你好像比我们想的要强，也是因为对自己的实力有自信，才态度那么强硬的吧，我没料到这点。"

"我们设的局，却让绫小路钻了空子？这算什么……"

"你是认真的吗，伊吹？"

"欸……"

"从很早以前龙园就表现出他自己是通过暴力支配

别人的了。他诉诸暴力却完全没有引发任何问题，你不觉得这太便宜 C 班了吗？"

"嗯？"

伊吹露出疑惑的神情，龙园好像也很困惑。

"等等，绫小路，我也不懂了，你的意思是现在的情况是我一手造成的吗？"

"我都把话说到这个份上了，你还不清楚状况吗？"

我长吁一口气后，把事情和盘托出。

"其实从一开始我就知道我和你们会像今天这样面对面，而且还是在互相无法向学校检举对方的状况下，用暴力解决问题，这也是龙园翔所深信不疑的方法。"

龙园对于自己制定并顺利执行计划一事深信不疑。

但这存在着致命的错误。

"如果我真的不想让你们知晓我的真实身份，从一开始就不会利用真锅，让她做间谍。若我将拿到手的录音发送出去的话，你们一定会开始寻找犯人。之后你像独裁者一样找出真锅她们，你应该从她们那里打听到了吧？真锅她们因欺负轻井泽一事，被我掌握软肋，因此只能对我唯命是从。"

到目前为止龙园都无法否认。

"你确信我和轻井泽有着千丝万缕的联系，就盘算接下来该如何行动，怎样的准备是有效果的。你让石崎和小宫尾随 D 班的学生，还为了给 X 施以危机感而高调地和高园寺接触。你可能真的是纯粹享受这一过程，但同时也是在给我时间考虑吧。"

"哈哈，你别开玩笑了，你是在我的手心里奋力挣扎给我看吗？"

"实际上是假装挣扎，真正挣扎的是被我逼得无路可走的你吧！"

"绫小路，我向你道歉，你果然是个聪明人，刚才一直都处于优势的我们，突然陷入了危机。现在该怎么办，伊吹？"

从头到尾一直都在观察我的龙园，事到如今还是一副高兴的样子。

"这算什么啊……你……还有绫小路……"

如同要宣泄自己的愤怒与焦虑一般，伊吹向我冲来，摆好架势准备踢我，一点也不在意自己会走光。

不，准确来说也可能是她现在没有在意这种事的冷静头脑。

我向后退，沉下气来躲开她的攻击。

伊吹也做出反应，立刻蹬了两三次地面，逼近我，快速出脚进行攻击，腿速之快几乎没有间隔。

她的动作十分灵活。

虽然堀北当时生病了，但伊吹确实曾经打败过堀北。

"啧。"

因为我每次都擦边躲开了她的攻击，所以她暂时停下了动作，十分焦急似的咂了咂嘴。

"没想到真的是你……"

"事到如今你还不相信？"

"真是火大，虽然不知道为什么，但真是令人生气！"

伊吹再一次飞身起跳，我立刻向她靠近。

"欸！"

陪她过几招可以，但是花费的时间太长可不是明智之举。

我躲开伊吹的攻击，没给她防守的机会就掐住了她的脖子，顺势将她的背摔在地面上。伊吹睁开了眼睛，但是很快意识就模糊了，动弹不得。

将她的头摔在地上更有效，但是这并不是你死我活的战斗。

"暴力可不是龙园的专利。"

我接连打倒了石崎、阿尔伯特和伊吹。

龙园的左膀右臂接连败下阵来，现在只剩下他一个人了。

轻井泽看着发生的一切，想要说话却说不出来。

"看到眼前的状况还能保持如此冷静，不愧是你。"

"不仅头脑聪明，战斗力也一流，是我眼拙。"

龙园拍了拍手，像是在耿直地表达他的敬意，然后走到了我的面前。

"绫小路，你知道我接下来要说什么吗？"

"谁知道呢。"

龙园不仅不觉得自己陷入了困境，还努力做出冷静分析的样子。

看来他表现得很轻松并不只是虚张声势。

这是龙园独有的特点。

正因如此他才能堂而皇之地待到现在。

"决定成败的不仅是力气，还和强大的心理有关。"

龙园微微弯下腰，连续挥出他的左拳。

攻击的目标不是我的脸而是腹部。

我向后一跃躲开他的攻击。

龙园马上追击，缩短我们之间的距离，这次他使出了强有力的右拳。

"不好意思，我不打算老老实实接你这一拳。"

我又向后退了一步，这次轮到我了。

我伸出右手想要抓住龙园的刘海。

但龙园反应极快，用左手挡开了。

随即，我一脚直接踢在了龙园的肋骨上。

"啊！"

在他被我的右手吸引注意的瞬间，我发起了攻击。

龙园为了躲避我的连续攻击，和我拉开了一定距离。

"挺厉害嘛，龙园。"

他的综合实力远在石崎之上，这自不必说，但我真心钦佩他的能力。

明明快速地给了他沉重一击，可他完全没有要倒下的样子。

"有趣。"

他笑了出来。

但我还是不认为他是能赢得了阿尔伯特的人。

"不好意思让你失望了，现在我缓过劲来了，可不会让你好受哦，绫小路。"

他笑得更厉害了，毫无顾虑地连续出击。

不是武道的路数。

应该是他在经过无数次残酷战斗后掌握的、自成一派的格斗方式吧。

我不可能每次都完美地躲开他的进攻。

虽然反击相对简单，但是我几次一边防守一边接下他的攻击。

在我接住他的第四次出拳后，龙园说道：

"你为什么不走到台前来战斗？凭你的水平可以和我堂堂正正地一决高下。"

"我也有难言之隐。"

"是吗？那就让我赢了你，然后听听你那所谓的难言之隐吧。"

"你觉得你会赢吗？"

"哈哈哈，你觉得自己不会输吗？"

"……不好意思，我的字典里没有'输'这个字。"

龙园看起来会输，而我不会。

"今天可能你会赢，但明天呢？后天呢？难道说你会赢一辈子？你在撒尿的时候呢？你在拉屎的时候呢？我会一直盯着你。"

"你不怕输吗？"

"我没有恐惧感，从未感受过恐惧。"

"没有恐惧感啊。"

他说了一句有趣的话。

恐怕这就是龙园自信的源泉。

"你知道了痛楚就会懂，常人会把那种感觉转换为恐惧感。"他说道。

"那你就让我尝尝你说的痛楚吧。"

"如你所愿。"

龙园抓住了我的双肩，高速出击用膝盖攻击我的腹部。

"清隆！"

轻井泽担心地喊出声来。

但这是我准备好被打而受的一击，没必要担心。

"让你尝个两三次就该懂了吧？"

龙园好像瞄准了同一个位置，使出左腿，同时缩短了我们之间的距离，用左手挡住脸。

接着他挥舞出了右手，收势的同时，直接用右腿膝盖向我击来。

这是今天最疼的一下。

我向后趔趄了一下，感受到了如电流般游走全身的疼痛。

"怎么样，这回你懂了恐惧是什么了吧？"

"……不好意思并不是这样的，我只感受到疼痛在蔓延。"

"你想说你和我一样感受不到恐惧吗？"

"不是这样的，龙园，并非如此。"

事实上我懂得因为疼痛而产生的恐惧。

也知道输的人下场多么惨多么可怕。

我曾经看过无数人在我面前倒下。

但是不知道从什么时候开始我变得不再畏惧了。

心越发变得冰冷。

因为知道无论别人多么痛苦绝望，自己是不会痛的。

只要掌握保护好自己的方法就可以了，只要自己安全，就是胜利。

"再陪我过两招！"

龙园叫嚣道，接二连三地集中攻击我的腹部。

我的膝盖稍稍弯了些，他看准时机向我的头踢来。

"哼！被你看出来了。"

我毫不慌张地躲开了，绝对不能受致命伤。

"你在过家家吗，绫小路？之前明明能够躲开的攻击却不躲，理由是什么？"

"就想试试看是不是真的会产生你所说的恐惧。"

"你这个小瞧人的混蛋！"

尽管龙园感受到了和我实力上的差别，但是他在气势上却不愿败下阵来。

如果他只是有勇无谋的话倒还好，但一般情况下，对自己的本事、手腕越有自信，在感受到自己被碾压的时候就越绝望，但我从他身上并没有感受到这些。

我本以为在龙园最得意的时候打乱他的计划、完全击溃他，会让他心悦诚服。从这个角度上来讲，我多少是有些失算的。

当然，我仅仅错估了他的上限而已，算不上什么大问题。只不过在让他心悦诚服之前，增加了必要的工作罢了。龙园会以疼痛作为代价。

"你在哪儿练的这一身功夫，不一般啊，绫小路。"

这确实不是仅仅通过身经百战就能达到的高度。

我没有回答他，一步步缩短和他之间的距离。

龙园尖锐的目光闪闪发亮，想报仇的心思昭然若揭。

"这下我可以理解为何你拥有如此的才能，却一直隐藏着了。俯视众生感觉怎么样？一定很快活吧？"

"我没考虑过俯视或是被俯视，别人成功也好失败也好，都和我没关系。"

可能是不满意我的回答，龙园捋了捋自己的头发笑了出来。

"那怎么可能，人可是欲望的集合体！"

不存在没有欲望的人，他强烈地否定了我的说法。

当然，我也有几个所谓的欲望。

但这是题外话了。

再这么闹下去，可能什么也不会改变。

我重新站直。

"那我就奉陪到底，直到你感到恐惧！"

龙园打算转变战术，用膝盖攻击我的脸，但是我抓住了他的左腕，强行将他的身体拉到身旁，毫不手软地出右勾拳打爆他的脸。

"……"

龙园受到了足以使他失去意识的重击，飞了出去。

但是这一拳并没有打昏他。

毕竟我在出拳之前压制住了威力。

我骑到倒在地上的龙园身上，左右开弓，拳头如雨点般落在他的身上。

"你刚说你感受不到恐惧对吧，龙园？"

"啊……哈哈哈，对，我不知道什么是恐惧，也从未感受过。"

尽管他的眼睛已经肿得厉害，视线模糊，却仍在反击，但是威力已经大大减弱，只是没有意义地空击。

然而我给了他准确而强劲的一击。

龙园脸上浮现出严峻的表情。

"喀……虽然我对打架很有信心，但也不是不会输。不，正是因为吃过比常人还多的苦才懂得的……"

他说起话来好像都有些困难了，应该是口腔内被打破了吧，他把嘴里的血吐到了地上。

我又给了他一拳。

"喀……啊，该死，又说话困难了。"

我继续一左一右高频率不间断的攻击。

但即便如此，龙园丝毫不畏惧。

"暴力，能够看穿人心，无论是施暴者还是被暴力摧残的人。"

龙园闭上眼睛笑着说。

他还在挑衅我。

"啊……哈哈……你一定特别开心吧，绫小路。你这么强，气势也不弱，你想干什么随便来，让我看看你到底有多强，绫小路……"

龙园睁开了眼睛。

我朝着他的脸挥舞着我的拳头。

他的脸已经肿了，不仅在流血，内出血也很严重。

即便如此龙园也没表现出恐惧。

人本来应该具备的感情之一。

但他好像没有。

"差不多了吧，龙园。"

我这么劝道，但龙园当然不会接受。

"哈哈哈，怎么了，绫小路？我还没有认输呢，你干脆打死我吧！"

面对用自己的性命来挑衅我的龙园，我再一次让他尝了尝我的拳头。

他因为疼痛有一瞬间表情扭曲了一下。

"很痛……但仅此而已。"

但是他看着我的眼神从始至终没有发生过改变，就好像坚信最后胜利一定会到来。

"即便你今天在这里赢了我，我以后也会咬住你不松口的，无论在学校的任何角落，我都会伺机揍你，所以笑到最后的一定是我。"

龙园一直以来都是这么做的吧，所以他才能逆袭并生存下来。无论对手多么强大，也不可能没有疏于防备的时候，他不会放过任何可以打倒对手的机会，所以他才如此自负。

他用暴力给对方灌输恐惧感，从而支配对方。

那是一种与他为敌的话、不知何时就会被袭击受伤的恐惧。

"现在我就让你尝尝一时的欢愉，哟，胜利就在你眼前绫小路，快打！"

已经失去了反抗能力的龙园到最后还在笑着。

"人在面对弱者的时候，会像找乐子一样故意显露出自己的情绪，这情绪的背后隐藏着恐惧。"

情绪的背后隐藏着恐惧？

"你想赢还是想输？你现在的情绪是怎样的，绫小路？"

想赢？

不想输？

"你现在……支配着我，你的内心是在笑？还是愤怒？还是兴奋？抑或是烦躁不安？快告诉我！"

这家伙都在说些什么呢？

很遗憾我看不到自己的脸和表情。

但是有一点我可以确定。

我的心没有因为这些无聊的事情而产生任何波动，仅此而已。

我没有什么情绪可以显露出来。

我向龙园的脸出拳，已经记不清打了多少下了。

左一拳右一拳，只是用同样的力道挥舞着拳头。

龙园的脸开始抽搐。

啊，就是这个，龙园。

你也看到了吧？

看到自己的内心确实存在着恐惧。

我打出最强的一击。

这一拳让他昏了过去。

你可能想控制我的心，但不凑巧，我没有能让人控制的心。

我缓缓地从龙园身上站了起来。

不能再在这么冷的天里把轻井泽丢在一旁不管了。

"对不起，让你在这种情况下等了这么久，没受伤吧？"

"没有，就是太冷了我都没知觉了……"

我向一直瘫坐在一旁目睹着一切的轻井泽伸出了手。

她的手像被冻上了一样冰冷。

"在我出现之前，你应该对我的期待破灭了吧？"

"当然……了，因为你从一开始你背叛了我对吧？"

"是啊，那你为什么没有把我的事告诉龙园？"

"为了自己，仅此而已……"

她这么说着却倒进我的怀里，身体在颤抖。

"我是真的很害怕……"

"你现在不用多想了，今天发生在你身上的事，刚刚这里发生的事，所有的事以后再想就行。但是有一点可以确定的是，在今天的这个瞬间，束缚你的诅咒消失了。从今以后，真锅……不，没有人能揪住你的过去不放了，今后你只要像你平常那样生活就行了。"

轻井泽连站直的力气都没有了，全身倚靠着我。

对于轻井泽来说，这几个月真是醒不来的噩梦。

偶然被真锅她们欺负，知道自己已经被龙园他们盯上以后又遭受了这次的虐待。

被龙园揭开过去的伤口，而且她知道了这一切都是因我而起。

精神上的折磨让她遍体鳞伤。

"你熬过了痛苦的过去才有了现在，只需要从明天开始重启就好了。"

我相信这对轻井泽来说不是问题。

在天台上看到她的时候我就确信了这一点。

"是我伤害了你，我不祈求得到你的原谅，但我希望你记住，就像今天这样，只要你发生了不测，我都会来救你。"

"清隆……"

轻井泽即便被人如此折磨，都没有离开我这个宿主。

轻井泽没有我就已经无法在这所学校生存下去了。

今后只要有我在，无论发生什么她都不会心碎了。

如果我今天早早就帮她会怎么样呢？

确实会因为迅速地遵守了约定而使轻井泽更加依赖我。但是，如果下次再发生这样的事，若我没能及时赶来的话，轻井泽就会失望至极。

在一开始就延迟出场，无论以后发生什么，她都会相信我到最后。而且通过这件事，我知道了轻井泽是不会轻易背叛别人的。

就算她把我的名字说出来了，那么她就会被"罪恶感"所折磨，以后更能为我所用。

轻井泽是我收入囊中的棋子，就这么轻易丢弃太可惜了。

有没用是次要的，先得到才是最好不过的。

"你往下走一会儿应该就能看到学生会会长，不……现在是前任学生会会长了，大概茶柱老师也在。他们已经大致了解了情况，应该能照顾好你，包括你被淋湿的校服。"

"知……知道了，那清隆你呢？"

"我还有收尾工作，而且被别人看见我们在一起会生出麻烦事，你还是先回去比较好。"

我这么说着轻轻地推了一下轻井泽的背，让她离开天台。

"接下来……"

也不能把龙园他们四个丢在天台就回去。

先不说茶柱老师，要是让其他老师看见了就有麻烦了。

从石崎开始，我一个一个按顺序拍打他们的脸让他们恢复意识。

最后也叫醒了龙园。

"啊……"

"你醒了？"

"你觉得……事情就这么结束了吗，绫小路？"

"结束了，你现在也说不出'继续打我'这种话了吧。"

今天的胜负是显而易见的。

"我会为了胜利不择手段。"

龙园慢慢坐起来。

"如果有必要，我会挑起战争。"

"去告发我，说我揍了你吗？"

"哈哈哈，办法虽然很差劲，但为了胜利，这也在我考虑的范围之内。"

好像是在说无论手段多么下流，为了赢我也值得考虑，他接着说道。

"我就强行说这一切都是你计划好的。"

"那我告诉你个方法，虽然不推荐你这么做。前任学生会会长就在楼下不远处，即便他不知道详细情况，但是这里发生的违规行为马上就会暴露，先下手的是你，这一点看你破坏监控的时间就可以断定，而那段时间我在榉树购物中心，不在场证明要多少有多少。"

我提前多上了几个保险也是理所应当的。

"你从一开始就可以让外人当目击者，阻止这一切的发生，为什么没这么做？"

"不打倒你一次，是阻止不了你的攻击的。"

"你觉得我会因为这一次失败就接受现实？"

"至少我是这么想的。龙园你失败的原因只有一个，那就是你的攻击顺序错了，一着不慎满盘皆输。如果你先和一之濑、葛城和坂柳战斗积累经验，就能缩短和我的实力差距，然后再和我一决高下，好奇心害死猫啊。"

听到我毫无遮掩的话，龙园露出了苦笑。

"你说的挺直白……"

"虽然这个时候我想说'你要报仇的话随时奉陪'，但是以后我不想做显眼的事情，你还是把别人当作攻击目标吧。"

我以为龙园会马上回应，但是不知道为什么他沉默了，陷入思考。

"你特意让目击者保持距离，可以理解为如果我今后再对你纠缠不休的话，你就算暴露自己的身份和轻井泽的过去也会把我们逼上绝路？"

"我想极力避免，但迫不得已时也会那样做的。"

"到那时候不仅是我，今天在场的石崎、伊吹和阿尔伯特也会受牵连？"

处罚方式虽然不确定，但毫无疑问那将是相当严格的惩罚。

"过分相信我的真实身份和轻井泽过去的价值也是你的失败。为了防患未然，你应该把事情再搞大一些，或者安排更多的眼线。"

在学校这样一个地方，龙园的做法难度颇高。

"也就是说，只要我在学校，形势就会一直对 C 班不利吗？"

"也不是，如果你不对我们乱来，我是不会说出今天的事的。"

"我怎么会信你的口头承诺，你当我傻吗？如果被 C 班逼进绝路，你就会把今天的事报告给学校，对吧？"

"可能吧。"

话不能说得过于绝对。

如果一直处于被威胁的状态，C 班会无法正常运作。

"所以你要怎么办？发生的事情已经无法改变了，龙园。"

"真啰唆，我和你的胜负之战结束了，我自己的战斗也结束了。"

龙园看了伊吹他们一眼，掏出了手机，不知道在那上面输入了什么。然后，他把手机放在天台的地板上，向伊吹脚边滑去。

"什么啊……"

刚才一直在静静地听着我和龙园之间对话的伊吹瞪着龙园，也瞪着我。

"一切责任由我来承担，在那之前我把自己的点数都转给你。"

"啊？龙园，你到底在说什么？你是傻瓜吗？"

"就……就是啊，龙园大哥，今天这里发生的事是不会被别人知道的，你没必要承担责任！"

我们彼此之间都不能对外说出今天发生的事，这是表面上的平等，但龙园意识到了实际上是 D 班具有压倒性的优势。所以，一笔勾销的办法只有一个。

"绫小路，今天发生的事都是我一个人干的，我一个人退学可以吧？"

"你相当认真呢，居然要对自己做的事负责。"

龙园骂了一句"真无聊"，吐出了嘴里的血。

"暴君的所作所为被人原谅，也只在他有权力的那段时间。我都输到了这个份上了，不会再有追随的人了。"

迄今为止蛮横的态度和行为全都是伴随着胜利的结果而被原谅的。

寻找 X 一事，将其他班级卷了进来，已经掀起了不少风波。

他是看清了一直采取强硬手段却失败了的自己已经没有资格获得原谅了吧。

他比我想的要懂人情事理。

准备到现在，给龙园搭了一个可以使出全力的舞台果然是明智之举。

"你别开玩笑了，为什么托付给我？"

"因为你讨厌我。把我剩下的个人点数分给 C 班同学，由于我退学，和葛城以及坂柳之间的协议可能会被撕毁，这是没办法的事。"

协议人本人离开了学校，协议被作废的可能性确实很高。

"龙园大哥，你是认真的吗？"

石崎站了起来，悲痛地喊道。

"真闹心，你不喊我也能听到。"

龙园淡淡地笑着。

"以后的事你们自己看着办吧。"

他是下定决心要退学了吧，看都没看地上的手机就转身离开了。

"告辞。"

龙园离开了天台。

伊吹和石崎看着他的背影，说不出话来。

"这样真的没关系吗？离开学校，我觉得你会后悔的。"

我叫住龙园。

"你小子在意这个干什么？"

"你连在这里失败了的意义都没搞懂就离开的话，你以后也不会有长进的。"

"什么？"

"你还不知道为什么会输给我，就打算这样走了吗？"

"……你管我，话说回来我可知道你还有轻井泽的秘密，挽留我对你不利吧？你也不知道我什么时候会把你的秘密都曝出来。"

"是啊……但是非找什么理由的话……如果你能打败一之濑和坂柳，那么D班不用我出马也可以轻轻松松参与战斗了。而且你留下的话，和葛城的契约就算数，这样A班内部也会多少受点影响。而且最重要的是，如果你突然退学，坂柳、一之濑和葛城会认为龙园被X干掉了吧，那样一来后面会很麻烦。"

我给他分析了一番利弊。

"即便这次的事以我们没能预料到的态势发展下去，还好我身上露在外面的地方无一处受伤，无论是谁，都只能把这件事看成你们之间的内讧。"

"所以故事就变成了这样：我要给你们这群没用的废柴一点颜色看看，反倒被揍了一顿，之后我决定退居二线。把事情粉饰成这样就行。"龙园说道。

这样的话也不会给我惹麻烦，他的话里可能也有这个意思。

"你确定这样……可以吗？"伊吹说道。

"在场的所有人都被绫小路狠狠地揍了，事到如今还要什么面子，而且我一个人消失影响是最小的。"

"容我再说一句，你自己主动退学是你的自由，不相信我也是你的自由，反正我不打算把今天的事告诉别人。而且我还对楼下等着的前任学生会会长嘱咐过这里的事情不要外传，所以说你不用退学。即使这样你还想退学的话，我也不再拦你……"

"那就别拦，我是不会轻易相信别人的。"

龙园留下了这么一句话，离开了天台。

不仅是石崎，伊吹也对龙园的行为露出一副难以理解的神情。

高度育成高级中学
第一学年 A班班主任 总评

截至 12 月 1 日　班级点数
874

暑假之前

选出两名领导者，开局不辱 A 班的名声，维持在较高水平，不骄不躁，稳扎稳打。

无人岛考核

通过和 C 班的合作，成功地维持了在无人岛考试中过去班级点数的最高纪录。虽然结果有些遗憾，但我再次感受到了 A 班的无限潜力。

船上考核

班级领导者坂柳有栖不在的情况下，认真地对待了考试。

体育祭

虽然有不擅长运动的学生，但这次体育祭由擅长运动的学生打头阵，将班级团结起来。另外，和暂时达成合作关系的 D 班之间也没有引发什么问题。

Paper Shuffle

基本上没有白费力气，顺利地通过了考核。

龙园的得与失

那天晚上，我梦见了自己小时候。

具体内容是杀死一条蛇。

如果我还记得那时候杀死蛇之前被蛇咬了一口的恐惧的话，我还会做出同样的选择吗？

"……无聊。"

这种想法一点意义也没有。

人的每一天都不可重来。

每天成败都在变化，有成的时候也有败的时候。

昨天碰巧就是失败的一天。

我算了算自己输的次数，不下三位数。

昨天也算不上是我第一次输给绫小路。

明明是这样，但为什么我觉得和以往不同呢？

早上八点，我离开宿舍去学校。

虽然是寒假的第一天，但因为有社团活动，学校还是开放的。

原则上要穿校服才能进入学校，但是校规对我来说已经没有必要遵守了。

参加社团活动的学生会在七点左右开始晨练。榉树购物中心要到十点才开，所以这个时间段去学校的应该只有我一个人。

"阿嚏……"

在通往学校的林荫道上，一个学生好像很冷，颤抖着身子。

我无视其存在，继续走我的路，这时从前方传来了声音。

"你终于来了。"

我没有停下脚步，把她的话当耳旁风。

"你等等！"

她慌慌张张追了上来，立刻抓住我的肩膀。

"啊？你在干什么，别随便碰我！"

"我也不想碰你啊，但你把手机塞给我了，对吧？我只是为了还你手机才来的。"

伊吹鼻子都冻红了，说着把手机递给了我。

"手机你随便处理掉就行了……你是从什么时候开始等的？"

"嗯……"

不记得了的话，那就意味着应该有一定的时间了吧。

为什么这家伙要做这种徒劳无益的事情？

我本想无视伊吹从她身边走开，但是这次她抓住了我的手腕。

"你真的要退学？"

"你不只是为了给我送手机吧？"

我简短答道。伊吹好像生气了，瞪着我。

"刚入学那会儿，和石崎，还有阿尔伯特争斗的时候你说过吧？无论输几次，笑到最后的人才是最强的。实际上你对待阿尔伯特他们也是这样的。"

"那又怎样？"

"你就输给了绫小路一次，就想结束？"

"因为我的判断失误，今后的路都被堵死了，而且，我已经无所谓了。"

"这算什么，你真是太怂了。"

反正我无所谓。

绫小路能让我这么想，就意味着他真的是个了不起的家伙。

"可能吧。"

所以我对伊吹的追问若无其事地答道。

"不是可能不可能的事。"

伊吹紧紧抓住我的手腕，没有放开的意思。

"你以前也想让我收手吧，这回不是正好？"

"你说要带领我们班升到 A 班，所以我才帮你，但你现在却是这副德行？"

虽说平时会适度排泄不满，但伊吹的脾气还是一点就着。

她好像还有很多话要说，没有停下来的意思。

"大家一直以来都对你蛮横的态度和行为视而不见，只是因为大家最终目标一致，所以才忍受并追随你。之前C班受了惩罚，你也没给我们任何解释，即便如此，没有一个人表示不满，这是因为大家相信你会带领我们班升上A班。但你却想退学？开什么玩笑！"

她缓了口气，又说道：

"有这么不像话的事吗？"

"不是事事都能有解释的，伊吹。"

我停下脚步。

全身疼痛，我不想节外生枝。

"我确实向你们这群笨蛋说过，追随我就能轻松升上A班，但那不过是打个巴掌给个甜枣。你知道我和A班签订的契约吧？我完全没打算把补偿的点数分给你们。"

"也就是说你打算自己一个人升上A班？"

"我确实是这么打算的，我怎么可能真心照顾到全班同学！"

我这么说的话，伊吹除了接受别无他法。

"可以了吧，再见。"

"八亿点。"

"啊？"

"昨天你把手机给了我以后，我真的有一瞬间在苦恼要不要转移点数。后来我觉得反正拿到了你的手机，就顺便看了看。"

她打开我的手机，把屏幕面向我。

那是我制定的三年作战计划以及点数的推演。

"你想一个人升到 A 班的话，有两千万点就够了，那你为什么还要制定这个计划？八亿点足够让 C 班全班升上 A 班对吧？虽然这是无论如何也攒不到的点数。"

"你别做梦了，那是我瞎写着玩的。"

我强行从伊吹手里抢回手机。

"今后的事就由日和与金田负责吧，绫小路没有动作的话，我们还有机会。"

"别说这种话。"

伊吹这家伙完全没动我的个人点数。

这些点数全浪费了。

真麻烦。

"从刚才开始，你想让我说什么？"

"如果你说自己不干了，那你得先打赢我。"

她又说出来这种出人意料的话。

傻瓜虽然好使唤，但有时候就是会像这样暴走。

"昨天受了伤，今天又这么冷，还没好好活动活动筋骨吧！"

我立刻明白了她抓住我袖子的手并没有用力。

我强行迈步，想要把她抓我袖子的手拂开，但在下一个瞬间就被打飞了。

身体撞到了石阶上。

"啊，连受身 ① 都做不到了。"

绫小路这个混蛋把我的身体都打坏了。

"啊……爽快多了，你想退学就快去吧！"

伊吹转身向宿舍走去。

1

"坂上，我有话和你说，具体事宜昨天已经通知过你了。"

我一个人来到学校找班主任。

我已经提前用宿舍的固定电话跟他约好了时间。

故意隔了一天是觉得发生了骚动之后立刻退学会留下不必要的麻烦。

再加上我对摄像头做的事情，容易产生问题。

如果前任学生会会长知道了昨天的事，就更麻烦了。

我打算抛弃一切。

"我知道了，我不想在这儿站着谈，随我到咨询室吧。"坂上老师说道。

"好。"

"但是我要先问你个问题。"

"什么问题？"

---

① 柔道运动中，当被对方摔出时，为了防止受伤而采取的倒地方法。

"你们出来一下！"

坂上朝着职员室喊道，把里面的学生叫了出来。

话音刚落从职员室走出了两名学生。

"龙园大哥……"

"什么？"

出来的是石崎和阿尔伯特。

为什么继伊吹那个傻瓜之后，这两个人也来了。

"从早上开始他们俩就问我你什么时候会来，赖在这里不肯走，我让他们直接问你，可他们不听。我不知道怎么办才好，你先把这两个人的事解决了。"

"你们来干什么？快滚！"

"我们……"

我瞪了一眼想要多嘴的石崎他们，命令他们闭嘴。

"嗯……"

听到我对石崎他们的恫吓，坂上抬了抬眼镜说道。

"昨天摄像头被弄坏的事，和石崎他们有关吗？"

"那是我一个人干的，你们赶紧走！"

在这里和我做无谓的接触，只会让他们自己惹上麻烦。

我转身不管坂上，自己向咨询室走去。

坂上虽然觉得石崎他们可疑，但还是催促他们离开，随后走向咨询室。

"我大致掌握了你在电话里说的情况了，让我们一件一件解决吧，龙园。首先，你承认自己用喷罐弄脏了监控对吧？"

"对，是我一个人干的。"

"还有一件事，与石崎、阿尔伯特和伊吹起争执的事情，真相是什么？"

"我承认，责任全在我，我单方面想揍他们，结果遭到了反抗。"

没必要把他们扯进一场输掉的战争中。

"如果你都知道了，就快点做出惩罚。"

"请等一下，龙园大哥，我们和这件事不是没关系……"

面对不仅没离开还追了上来的石崎，我上去就是一脚。

事到如今再多一两个暴力事件，对一个即将退学的人来说也算不上什么。

"你干什么龙园！"坂上说道。

"你要我说几遍，昨天没被我揍够吗？"

我把视线从蹲在地上痛苦挣扎的石崎身上移开。

"把这件事也算到我的惩罚里。"

"……无论情况如何，要是再发生问题，就不是惩罚你一个人就能解决的事情了。"

"真啰唆，反正一切都结束了。"

进入咨询室后我立刻单刀直入地说道：

"坂上，你快给我办退学手续。"

"你好像有点误会，让我给你讲明白。"

坂上慢悠悠地说道。

"你的话前后矛盾。"

"什么？你等等，什么矛盾？"

"据我所知，你和D班之间好像存在争执。"

难道最后还是被绫小路算计了吗？

如果他不顾及我的提案，把轻井泽的事报告给学校的话，不只是我，伊吹和石崎也会受到不小的惩罚。

问题就不是被没收个人点数就能解决了。

"是有对我们的指控吗？"

"指控？我听说破坏摄像头的不止你一个，D班的一个学生也有参与。"

"什么意思？"

一瞬间我没能理解这句话的意思，思绪相当混乱。

"D班已经支付了作为修理费的点数，我想确认的是，双方过失的比例可不可以按五五来算。"

"开什么玩笑……"

绫小路你要是觉得这么做我就不会退学了，那你可真是大错特错了。

"我要退学。"

"即便没有引发任何问题，你也要退学？"

坂上也不是傻子。

他应该已经推断出昨天在天台上发生了什么事吧。

"是啊，我找不到继续待在这所学校的意义何在。"

但他不能不尊重学生的个人意愿。

"是吗？如果你执意如此，那谁也阻止不了你。"

坂上这么说着，从抽屉里拿出一张纸。

"在这上面写上姓名、学号以及退学理由。"

"稍等。"

我刚拿起笔，坂上又拿出另外两张纸。

"你办完退学手续后，把这两张纸给石崎和山田。"

"什么？他们和这事无关吧？"

"确实无关，但是他们两人不希望你退学，说如果你退学，那他们也要退学。"

是绫小路这个家伙……给这群笨蛋支了这个损招吧。

把石崎和阿尔伯特当人质阻止我退学。

我要是选择了退学的话就全军覆没了，那我退学就没有意义了，这是本末倒置。

"该死……"

"我也为班级里出现退学者感到惋惜。"

坂上看着我手边的退学申请。

"现在可以单纯以损坏公物的名义解决，这是你最初也是最后的机会了。"

"留下我有什么好处？"

他应该知道我不会再和坂柳她们对峙了。

"就没有人退学了。"

我把纸和笔退回，离席而去。

2

不久，在一年级的学生之间出现了一个奇怪的传言。

说是龙园翔放弃了 C 班的领导人地位。

也不再带着石崎他们出来走动，不再跟别人说话。

就好像是刚入学的我一样。

龙园重复着一个人的孤独。

他有一天会发现什么吧？

我也不知道。

但可以确定的是……他和我很像。

还有，他依然有利用价值。

后记

有五个月没见了，读者朋友们，我是衣笠彰梧。

今年 ① 夏天，本书的动画与大家见面了，大家还喜欢吗？

看到仅能在动画中表现的《欢迎来到实力至上主义的教室》的世界观，作为一名观众，我感慨万千。

自己笔下的故事被改编成了影视作品并播放出来，我十分感动。

我最近接受了治疗动脉粥样硬化的手术，摘掉了在我背上盘踞了十年的东西（直径有七厘米左右）。从背上费力地摘下东西的感觉真是一言难尽……虽然因此有一周时间都不能把背靠在椅子上，但是我的后背终于恢复正常形态了。

这次第七本的发行时间比以往要晚些，关于这一点，我想解释一下。动画的播出时间以及对原作内容的调整，导致本册主要内容变成主角与龙园率领的 C 班的对决，我想应该把这一部分全部写完比较好，因此决定在本月发售本册。

---

① 指二〇一七年。本书的日文版于二〇一七年发售。

最近数月，有越来越多的读者知道了《欢迎来到实力至上教室主义的教室》这部小说，我觉得难能可贵，十分感谢各位读者的支持。

当然，我对在小说动画化之前就喜欢并看过这部小说的读者更为感激。正因为有大家的支持，我才能一直写下去，谢谢大家!

在第七本中，以主角和龙园的了结来结尾，但这并不意味着C班的出局。C班还会有新崛起的势力和表面上退出竞争的龙园之争。进入第三学期后，不仅是学生会，还有高年级参与的A班与B班之间的战役即将打响。

虽然不能立刻全部付诸笔尖，但是近来会有一之濑、坂柳的故事，平田和葛城（由于涉及人物过多，无法一一罗列）的戏份也会增加。这些人是敌是友，我想请读者多多留意。

现在一有空，我就会投身到下一本的创作中。下一本是发生在寒假的故事——全系列的番外2。这是一部短篇集，将会围绕圣诞节发生的事展开。寒假的主线剧情将主要围绕下一册封面的女生以及她身边发生的恋爱故事展开。

虽说短篇集这种称谓也没错，像是番外1和番外2，我一直以来当然今后也会描写发生在"春假""暑假""寒假"的故事，和原作有着千丝万缕的联系，希望各位读者能提前注意到这一点。还请各位读者以后也能多多支持我的作品，谢谢！